I0727149

Te quedan lindas las trenzas

PATRICIA SEVERÍN

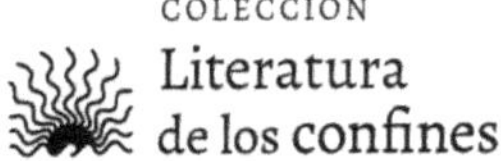

COLECCIÓN
Literatura
de los confines

Te quedan lindas las trenzas
Patricia Severín

Publicado en Estados Unidos por Pro Latina Press
www.prolatinapress.com

Segunda edición, 2021

Editores: Patricia Severín y Maria Amelia Martin
Imagen de cubierta: Ana Paula Ocampo
Diseño gráfico: Noelia Mellit y Álvaro Dorigo

ISBN 97817377458-7-7

Te quedan lindas las trenzas

PATRICIA SEVERÍN

Pro Latina Press

PALABRAVA

Dedico este libro a mamá (en todo diferente a Leah);
a mis abuelas, Carmen y Catalina (que sólo en *algo*
se parecen a mis personajes); a Adelia Perín y Ángela
Paviolo, mujeres que también hicieron historia en mi
corazón.

Y a mis nietas, Catalina Garber y Alfonsina Armando,
que llevan el hilo invisible del linaje materno.

¿Quién no es un sobreviviente del naufragio de la niñez?

Nicol Krauss

Luisa

La abuela apoya la fuente de vidrio sobre su delantal arrugado. La agarra bien fuerte; con la otra mano hace girar el batidor de alambre. Remueve una crema espesa que se va volviendo amarillenta. De pie, dice, esto hay que hacerlo de pie. Sin dejar de batir se levanta y separa un poco las piernas para conservar el equilibrio. Mira la mezcla y sonríe. Los hilos de alambre apenas se ven: relucen cuando van hacia arriba con los flecos de crema que chorrean. La mezcla se vuelve pastosa, cada vez más, cada vez más, hasta que de pronto es un bloque amarillo que ya no se puede batir.

Inclina el recipiente y un delta de hilos de agua corre hacia el borde del vidrio.

¡Manteca!

Apoya la fuente sobre la mesa. El líquido forma ojitos transparentes sobre el mazacote irregular. Cuando inclina la fuente, el líquido busca escaparse hacia adelante. Lo junta en una jarra. Cuando tengo mucho de esto, me dice, se lo doy a los chanchos. Es el suero.

La miro. Se llama Luisa, pero le decimos Luli.

Sus manos están llenas de nudos donde los dedos se doblan; tiene las uñas cortas y cuadradas. Me pide que acerque el pan que acaba de hornear. Y también el azúcar que guarda en el estante de madera, dentro de una fuentecita con agua para que no le lleguen las hormigas. Minúsculos granitos se desparraman sobre el mantel; el sol de la tarde los ilumina y parecen cristalitos. Me pone una capa gruesa de manteca sobre el pan y por encima hago caer los cristalitos; a veces mojo un pedazo grande en el mate cocido, se infla, se desprende de la costra y se va hacia el fondo de la taza. Mientras tomo la leche ella coloca el bloque amarillo y pastoso en la mantequera; con un cuchillo le va dando forma hasta dejarlo rectangular. Toma otro poco de crema y cuando termino de tomar la leche, me la hace batir con un tenedor.

Me duelen los dedos. Rezongo.

—Si te sentás perdés la fuerza —me dice, y acomoda la fuente sobre mi cadera. El tenedor se me incrusta en la palma y me marca líneas rojas.

Me mira fijo.

—No, no, no, ¿qué es eso de renunciar? —y observa mis movimientos.

Me muerdo la mejilla por la pulpa de adentro para no pensar en el dolor que ya me sube por el brazo. La miro para darme ánimo, que no crea que me doy por vencida.

El abuelo entra corriendo a la cocina y dejo de batir. Nos comenta la última novedad. Saca del bolsillo unas pelotitas pequeñas y amarillas que se parecen un poco a las de paraíso. Las toco, son bien duras, van a servir para los canutos.

—Las trajo el correntino. Vino con el cuento de que ya la están sembrando más al norte. Y dice que del año 1965 nadie se olvidará jamás.

—¿Porque yo cumplo 10?

—No, cursientita. Porque este poroto nos salvará.

—¿Eso? —pregunta la Luli—. ¿Y qué es?

—Se llama soja —dice el abuelo—. Parece que dará de comer al mundo.

Los tres nos quedamos mirando el cuenco de su mano callosa, mientras los porotos ruedan desganados y caen sobre la mesa.

Mamá me trae al campo no bien terminan las clases. Estoy agotada, repite una, dos, tres veces, todo el tiempo; también en el viaje. Me arrodillo en el asiento de atrás, miro por la luneta y ya no la escucho.

Siempre es igual: nos subimos al auto, cargamos mi bolso, mis cuadernos y mis lápices, y las revistas y diarios que juntamos para la abuela. Cuando llueve y no se puede salir al campo, la Luli revisa las revistas hasta encontrar lo que ella necesita encontrar.

Por el vidrio de atrás veo pasar los árboles, los postes de teléfono, los carteles indicadores que siempre me dan la espalda, las vacas blancas con manchas negras que tienen pajaritos posados sobre sus lomos y les comen los bichitos que se les asientan. El abuelo me enseñó eso y me enseñó como se llama cada vaca. Las reconoce por las manchas y cuando les dice el nombre ellas vienen hasta donde él esta. En el piso del comedor tienen un cuero que hace de alfombra. Fue la vaca preferida del abuelo. Era la más lechera de todas las lecheras de la región: daba ochenta litros ella sola. Y si se descuidan, cien, dice el abuelo. Tenía las tetas largas e infladas, tan grandes, que se las pisó y se sacó un pedazo. Fue allí cuando enfermó y tuvieron que carnearla.

Cuando pasan más o menos dos horas desde que salimos de la ciudad, entramos a un camino de tierra por el costado de un pueblito que tiene pocas casas; en ese pueblo los abuelos hacen las compras, los mandados, y visitan a Anastasia y a la tía Lucrecia, que viven juntas. Hay un cartel despintado que dice La Constancia: así se llama el pueblo. Agarramos por ese camino de tierra y ya sé que estamos cerca del campo.

Llegamos.

Me bajo de un salto y corro a abrazar a la abuela. ¿Cómo andan ustedes?, pregunta mamá.

Dicen que la abuela y yo nos parecemos: las dos somos flacas y altas. ¡Qué estirón pegaste!, me dice cada vez que me ve, y hace un gesto con las manos por encima de mi cabeza. Después me besuquea. Tiene el pelo cortito peinado hacia atrás. Sin ninguna coquetería, la reta mamá. Ella no le hace caso y se acomoda los anteojos cuadrados sobre las mejillas huesudas. Quiere cortarme las trenzas y dejarme el pelo como el suyo; trata de convencerme, que es más práctico, más limpio, que me va a quedar bien. No la dejaré por nada del mundo. Mi pelo debe crecer hasta la cintura como el de Pame, la que pasa a primer año. Su mamá hizo una promesa y por eso no se lo corta. Pero la Luli me persigue con las tijeras. ¡Te va a crecer más fuerte y sano! ¡Ya vas a ver!

Mamá está empeñada en que los abuelos compren una casa en la ciudad. El tiempo pasa volando y no perdona, insiste, y mueve la cabeza de arriba hacia abajo. La Luli le dice que ese tema no está en discusión. Mamá se pone seria. Frunce los labios y los ojos se le agrandan. La vena que tiene sobre la frente se le empieza a hinchar.

Mis hermanos se quedaron en la ciudad porque la tía mayor, Lucrecia, la que vive en La Constancia, está grave, y por eso los abuelos no nos pueden cuidar a los tres. La Luli se lo explica a mamá y se le corta la voz. Un montón de rayitas rojas le aparecen adentro de los ojos. Se los refriega. Y que querés, con la edad que tiene, le contesta mamá. Y le pregunta cómo andan las cosas en el campo. Cuando se levanta para volver a la ciudad la abuela le acomoda en el baúl verduras, pollos, huevos, leche; y entonces se mete en el auto y se va. Cuando el auto está llegando a la tranquera, toca bocina y yo salgo corriendo para abrírsela.

[Lina, vos ya conocés la rutina de tu abuela: se levanta a la madrugada, mata los pollos, junta tomates, lechuga, pimientos, achicoria, espinaca. Siempre a las cinco, con el abuelo. Él trae del tambo la leche recién ordeñada y la coloca en bidones llenos hasta el tope. A tus hermanos, Lina, les gusta la leche fresca. Pero tu madre, que rezonga por todo, rezonga también porque tiene que hervir la leche y siempre se le vuelca; dice que basta con que se dé vuelta un minuto para que la leche crezca y se derrame y después le quedan las hornallas hechas un enchastre. Se queja también de que no tapan bien los bidones y se impregna el baúl de un olor agrio y podrido, que no lo saca con nada. Vos pensás que podría encargarse ella misma de taponar los bidones, en vez de Luisa, que ya es vieja, y va y viene acarreando mercadería sólo para que tengan verduras tiernas y pollos de campo criados a maíz.]

Le hago los mandados a la Luli: voy a la cremería y traigo la crema para que la bata y haga manteca. La cremería queda al lado de la escuela y por una chimenea finita y alta larga un humito asqueroso. Cuando el viento viene hacia aquí, yo me tapo la nariz y corro para llegar rápido. Cuando el viento va hacia allá, puedo ir tranquila mirando los pájaros que se apoyan en los alambres: Coloradito, Ciclón, Pequeñín, Nomeolvides. Arranco unas flores lilas que crecen en la cuneta y a la vuelta le digo a la Luli, Son para vos. Llena de agua el vaso alto de vidrio y acomoda el ramo. Una vez me corrió una culebra oscura que se puso mala cuando fui a cortar las flores. Las culebras son distintas de las víboras venenosas, tienen el cuero lustroso y brillante y te corren rápido. Si las venenosas te muerden, sonaste, no contás el cuento; con las otras se te hace una hinchazón roja y dura. Pero igual me asusté y por un tiempo largo no quise ir más a la cremería. Ahora voy de nuevo y llevo un palo por si la culebra aparece. Por las dudas camino por la huella del medio y no me acerco a la cuneta. Mi hermano Florencio le tira cascotes, también a las iguanas que toman sol y se quedan tiesas con el calor de la siesta; el año pasado se guardaba lagartijas en los bolsillos y a la noche las ponía bajo mis sábanas. Son verdes y frías, y se escabullen como un refucilo de hielo. Destendía la cama antes de acostarme y el corazón me traqueteaba a todo lo que daba. Las lagartijas eran rápidas y se escondían en el primer hueco que encontraban.

Las chicharras chillan desde temprano, tan fuerte que me tapo los oídos. Mañana hará más calor, dice la Luli, escuchá como aturden, ¡y encima, esta seca! Después de la limpieza entorna las celosías y me llama para acomodarme las trenzas. Me dice por centésima vez, Sería mejor que te las corte. Luego cierra las celosías para dejar el calor afuera. En la penumbra todo parece más fresco.

Florencio, cuando viene al campo, pone las chicharras en un frasco gordo y le hace agujeros en la tapa para que no se asfixien. Ellas baten con fuerza sus alas transparentes y comienzan a chillar. Para no aburrirme, ya que mis hermanos no vinieron, me escapo hacia el parque a jugar entre las tipas y miro el cielo. El sol es un globo naranja casi rojo; vienen nubes del oeste pero no se mueve ni una hoja. La casa está plantada en el rayo del sol. Si entorno los ojos, la veo oscilar como un barco en medio de un océano de pasto amarillento. Aprieto fuerte los párpados. Saltan estrellitas en el cielo oscuro de mis ojos cerrados. Los abro y me encandilo. La resolana aplasta contra el polvo las flores que aún resisten; la tierra es talco, como el que la abuela se pone entre los dedos de los pies después del baño de la noche; el polvo se pega a la ropa, a los marcos de las ventanas, a los zócalos, entra en la pajarera grande y no hay caso de quitarlo del piso de la galería. Si no llueve pronto..., dice el abuelo. Habla de catástrofes todo el tiempo: el gobierno es una calamidad, los precios de la leche son un desastre, la sequía nos arruinará la cosecha, y se fricciona las articulaciones para saber si hay cambio de tiempo. Después se rasca detrás de las orejas y ahuyenta las moscas que se vienen desde el tambo a cargosearnos. Mala señal, dice el abuelo, este calor... Mira hacia arriba y se vuelve demasiado serio. No me gusta nada, le dice a la Luli. Pero como él se lamenta de todo, nadie le lleva el apunte.

La Luli me explica que mamá salió como el abuelo, quejosa y malhumorada, y yo me río porque es cierto. Tiene su genio, la pobre, me dice y se tapa la cara para que no vea que ella también se ríe.

A la noche sale al parque y mira la luna. Cuando regresa me dice, Nena ayúdame, y se persigna. Entro a la gata que se llama Hortensia, al perro que arrastra la pata y al canario. La Luli tapa con una lona la jaula en donde viven los tordos y la asegura contra la pared: le cruza una rienda que calza en dos ganchos gruesos. Ajustamos las celosías y trancamos las puertas.

El cielo comienza a ponerse negro, plomo. Baja presión y este calor..., dice el abuelo. El calor es tan pegajoso y espeso que puede tocarse. Espío por una hendija hasta que empieza el viento. Prendemos velas porque al campo aún no llegó la luz. Primero escucho una brisa fuerte que luego se hace feroz y comienza a rugir entre las tipas. ¡Es un tornado!, grita el abuelo. ¡Está buscando la salida, Pancho!, la Luli tiembla agarrada al aparador. Rezá, rezá fuerte, me dice y vuelve a persignarse.

Aún no calmó el viento y llegan las piedras. Repiquetean sobre el techo. Son tantas pero tantas que los tres nos llevamos las manos a la cabeza. Rezamos en voz alta cerca del marco de la puerta, ¡Que el viento no se lleve el techo!, chilla el abuelo. Rezá rezá, suplica pálida la Luli, ¡es la cola del diablo!

La abrazo. Las llamitas de las velas oscilan. No quiero llorar pero me sube un gusto feo hacia la boca. Eructo. La gata que se llama Hortensia araña la alfombra de cuero de la vaca que fue la preferida del abuelo; el perro que arrastra la pata aúlla y me hace llorar más fuerte.

[A la mañana temprano, Lina, Luisa te toma de la mano y salen a la galería. Miran con tristeza el campo. El espectáculo es desolador: los árboles amanecieron partidos. La ráfaga los agarró de lleno y los retorció hasta dejarlos hechos una piltrafa. Las ramas volaron por todas partes. Pancho se agarra la cabeza y dice que todos los males les llegaron juntos. Cientos de gajos cuelgan de los pocos árboles que quedaron en pie. El molino, detrás del chalet, se descabezó y el galpón se quedó sin chapas. Algunas se estrellaron contra la antena del teléfono. Los vidrios de las ventanas de la casa de tu tío, que vive por el largo sendero que lleva al tambo, amanecieron destrozados. Las sillas y la mesa de jardín de su galería se estamparon contra las aberturas; la caja de herramientas que dejó abierta está vacía: pinzas, tuercas y bulones, saltaron por el aire como papelitos. Ves a tu abuelo que pone los ojos en blanco, mira hacia arriba y hace un gesto con los dedos. Se va puteando, con la carretilla agarrada de ambas manos, a despejar el camino. Luisa te tapa los ojos y los oídos para que no veas sus gestos ni escuches sus palabrotas. Pero las escuchaste, y a la noche las repetís en silencio así no se te olvidan: se las vas a decir a tus hermanos cuando se burlen de vos.

Luisa está convencida de que fueron sus rezos los que hicieron que el diablo escape, y que por eso las ramas no lograron agujerear las tejas. Pensás en el diablo y te da un escalofrío. Esas láminas que Luisa te muestra de un monstruo rodeado de fuego, con cuernos, cola y tridente, orejas en punta y barba triangular, se te aparecen en sueños y sentís sobre tu cuerpo el crepitar de las llamas, el olor a quemado que sale de vos, Lina, por tantos pecados cometidos, te susurra Luisa.]

—¿Cómo estará Lucrecia? —pregunta la Luli—. ¿Habrá sido fuerte la tormenta en el pueblo? Tengo que hablar con Anastasia.

Va hasta el comedor y marca el número de la tía mayor y ahí nos damos cuenta de que el teléfono está mudo. Entonces sale al parque y, con la mano sobre los ojos, mira si no viene el correntino para darle un recado y que lo lleve hasta el pueblo. Pero hoy no pasa nadie. Dice por lo bajo cosas que no entiendo y trae del galpón bolsas vacías. Los pájaros grandes, que duermen entre las tipas, se llaman chiflones y ahora están desparramados por el suelo. El pasto quedó regado de manchas blancas. Los chiflones, antes de volver a su refugio, van buscando bichitos en el alfalfar. El que va adelante es el vigía, y hace un ruido largo como un cacareo desafinado para que los demás lo sigan. Cuando llegan los chiflones sé que es hora de cenar aunque no se haya ido la luz. En el campo es así, dice la Luli, que no escucha mis rezongos, se aprovecha el día, se trabaja de sol a sol. Ahora abre la bolsa vacía y va juntando las manchas algodonosas desparramadas por el parque, el borde gris de las alas, los picos abiertos, las patas encogidas. Suspiro un poco mareada y empiezo a silbarle a los tordos para no mirar lo que la abuela está haciendo. Junta los chiflones y los mete ahí adentro. De reojo veo que cierra la bolsa con un nudo y la arrastra hacia el pozo en donde se tira la basura.

Y abre otra.

Sigo un poco mareada desde la tormenta y con ganas de llorar. La Luli me dice que agarre los cuadernos y dibuje mientras ella prepara mi comida preferida. ¿Sopa de letras? ¿Revuelto?, pregunta. Elijo sopa de letras con dados de pan tostados en manteca. El revuelto de huevo, queso y leche, me da un poco de asco. A veces la clara queda transparente y parece moco. Andá trayendo las cosas, me ordena, fideos, sal, orégano, pan, manteca, zanahoria, zapallitos y papas. ¿Querés rallarlos? Le digo que no porque me lastimo los dedos. Vení que te enseño. Pica las verduras y pone todo en el caldo. ¿Te acordás de la canción que te enseñé cuando eras chiquita? Se pone a tararear, *Ralé ralé ralé para mi naré*, y me hace circulitos sobre la palma de la mano.

Nos reímos.

Mañana, dice, vamos a buscar los huevos de la veteada. Te voy a mostrar dónde los esconde; será nuestro secreto, ¿eh? Y tenemos que ir pensando qué llevaremos a la feria del pueblo. Hay que engordar los pollos, regar la verdura, preparar manteca.... Voy a necesitar que me ayudes.

Sigue parloteando y yo inclino la cabeza en señal de que la escucho, aunque no lo hago. Me concentro en cortar los dados de pan y freírlos sin que me salte la manteca que chispea sobre la sartén. La sopa está lista. Rompe un huevo en el medio de cada plato y coloca encima el caldo. Con un huevo por día no habría desnutridos, me explica, y me parece que se pone triste. Elbia, mi otra abuela, cuando no quiero comer me dice que piense en los nenes de Biafra, esos negritos esqueléticos sentados en el suelo con la cara llena de moscas y de mocos. Y tengo que comerme todo lo que está en el plato. El huevo que me hace la Luli sí que me gusta y también los dados de pan que nadan en el caldo y que voy pescando de a uno. Crujen entre los dientes; hago ruido y la Luli no me reta. Ya se me pasó el mareo. Cuando entra el abuelo le cuenta que aún no tiene noticias de Lucrecia, y que mamá y las tías no se preocuparon por averiguar cómo estábamos, y que ni loca se va a ir a vivir a la ciudad.

—Leah estará ocupada —responde el abuelo—. Acordate de que se está mudando —se queda pensativo y agrega—. ¿Cómo querés que nos llamen si no anda el teléfono?

—Si quisieran averiguar se las ingeniarían —contesta la Luli, enojada.

El abuelo la mira sin entender, y yo me pregunto, cuáles serían las otras maneras de averiguar si el teléfono no funciona y el camino para llegar hasta el campo está hecho un pantano por el temporal.

La Luli junta los platos sucios y explica, como quien no quiere la cosa, que llevará sus productos a la feria. El abuelo se pone colorado, da la impresión de que los labios y los ojos se le quieren salir de la cara. Golpea el puño sobre la mesa. Salta la bandeja del pan, tambalean los platitos de postre y se escucha el hielo chocar contra el vidrio de los vasos. ¡Porca miseria! ¡Todo política! ¡No voy a permitirlo! ¡Propaganda de *ése* que se cree presidente!

Me asusto, el abuelo nunca se pone furioso. ¿Y si nos pega? Me quedo quietita en mi silla y ahí me acuerdo de lo que dijo el tío: que le tiene bronca al presidente de la comuna porque es su "adversario político". No sé qué será esto, solo sé que la gente grande se pelea por cualquier cosa y muchas veces se desquitan con nosotros.

La Luli no se inmuta. Me mira:

—Hoy te toca lavar a vos.

El abuelo se levanta sin terminar el postre, resopla con una fuerza que parece que algo adentro se le rompe. Da un portazo y escucho que escupe en la galería.

—¡Vamos, vamos remolona! ¡No tenemos toda la noche!

La Luli hace como que no pasa nada y me acerca el banco gris; yo aún creo que puede volver y gritarnos de nuevo y miro hacia la puerta. La abuela me enseña a fregar los platos de a uno, a enjuagarlos para que salga todo el jabón. A los cuchillos hay que tomarlos desde el mango para no cortarse y deslizarlos bajo el agua sin apuro; los vasos se escurren boca abajo sobre el repasador. Meto las manos en el agua jabonosa y caliente que preparó en la olla grande. Escucho al abuelo resoplar en la galería. La Luli se va a arreglar los dormitorios y se lleva el sol de noche. De pronto, en la cocina, el día se corrió de lugar y todo queda en sombras. La llama de la lámpara a kerosene, que titila sobre la repisa, no alcanza para alumbrar. Me apuro. En el campo, a esta hora, hay tanto silencio que se me encoge el corazón. Miro de reojo las sombras que se alargan a mi espalda.

La Luli canturrea en las habitaciones. Hace lo mismo todas las noches: acomoda las almohadas, destiende la colcha, dobla en pico la sábana de arriba, prende la vela y coloca mis lápices y cuadernos sobre la mesa de luz: sabe que me gusta dibujar antes de dormirme.

El abuelo dice que sale una fortuna traer la luz al campo, que él se arregla bien con el sol de noche y la heladera a kerosene. Y a veces con el grupo electrógeno.

Corro a la habitación. Quiero prender las velas y ponerlas

derechitas sobre el soporte de aluminio. La sombra de las velas se extienden alargadas sobre el suelo; paso el dedo sobre la llama. El que juega con fuego se mea en la cama, ojito. La Luli me cuenta que cuando yo tenía pocos meses dormía en un moisés. Mamá traía el mosquitero y lo colocaba por encima del soporte de madera. Pero una noche dejó muy cerca la vela encendida. A ella le agarró una intuición de golpe y fue a ver cómo dormía. El mosquitero se había prendido fuego. ¡Si no hubiera ido...!, y se agarra la cabeza con los dedos nudosos.

Mi camisón está doblado sobre la almohada. Me alcanza el cepillo para que me desenrede las trenzas. El que quiere celeste que le cueste, no rezongues, y me pregunta por centésima vez si no me las quiero cortar. Sería mucho más limpio y te quedaría precioso. Dejo de protestar y cambio de tema.

—¿Cuando vienen los primos?

Me dice que en carnaval.

—¿Cuánto falta para eso?

—Mucho.

Es aburrido pasar sola el carnaval en el campo, no hay a quién correr para tirarle bombazos. El año pasado, en la ciudad, me dieron un bombazo en la espalda y recién me había puesto la vacuna. La venda quedó hecha sopa y me dolió tanto que no me podía enderezar; quedé blanca como la luna, y mis hermanos en vez de burlarse me llevaron corriendo a casa. La vacuna se infectó y me pasé el carnaval encerrada.

—¿Puedo jugar mañana con agua?

—Sí, afuera.

Me tapa con la sábana y desliza la cobija sobre mi pecho;

en el campo por más verano que sea refresca a la madrugada.

—Tenés la pelela bajo la cama. Cuando termines de dibujar apagá las velas.

Me da un beso sobre la frente y rezamos una oración al ángel de la guarda.

—Hoy no hay cuento, estoy cansada.

Entorna la puerta y se va por el pasillo sin hacer ruido.

Mañana, cuando me levante, la Luli ya habrá hecho la mitad del trabajo del día: darle el suplemento a los terneros, el suero a los chanchos y el maíz a las gallinas; sacar la primera horneada de pan calentito, enfrascar las conservas y refregar la ropa de trabajo con jabón blanco.

La ayudaré a regar. Cuando no me vea le apuntaré a la iguana que se llama Adelina y se esconde al costado del tanque australiano, entre esas plantas duras, las bromelias. En mitad del verano la iguana desaparece. Se cansa de que la corra de un lado para el otro.

—Lina, ¿no sabés nada vos de lo que pasó con la Adelina? No la encuentro por ninguna parte.

Yo me encojo de hombros pero el corazón me empieza a traquetear. Por unos días no riego las plantas. Cada año encuentro a la iguana más gorda, más larga, y en el mismo lugar.

—Es tenaz la iguana —dice la Luli.

¿Qué es ser tenaz?

La miro y me pregunto si mi abuela siempre ha sido vieja.

¿Ella es tenaz?

Casi nadie tiene teléfono en el campo. El tío hizo una instalación y levantó una antena más alta que los eucaliptos; esa antena mira hacia otra antena que está en el pueblo, en casa de la tía Lucrecia, y le manda la señal. Pero lo que se escucha cuando uno levanta el tubo son ruidos y en el fondo una vocecita que dice algo. Es la estática, dice la Luli. El teléfono se atiende por las noches. Es un aparato negro e inmenso, colgado en la pared; me subo al banco gris y lo alcanzo. De día el abuelo baja la campanilla para que no moleste. Aunque en verdad nunca suena.

Mamá llama los domingos. Las tías, cualquier otro día, y los demás, a la tardecita. Un día atiendo yo porque la chicharra no para de sonar. Te llama la estática, le digo a la Luli. Toma el tubo. Primero se queda callada, luego sube el tono. ¡Tu padre y yo nacimos en el campo y aquí nos vamos a quedar!, grita. Y después le echa en cara a la que llama, que resultó ser mi mamá, que no tuvo ninguna preocupación, ni siquiera por mí, ¡Por tu hija!, le dice ¡Pasó el tornado, nos destrozó el campo y casi nos morimos! Después cuelga y baja la chicharra. Me quedo pensando si estuvimos tan cerca de morir. Quizá el diablo nos había señalado y fueron nomás los rezos de la abuela los que lo espantaron.

De Cataluña vinieron los padres de la Luli con su único hijo varón. Las demás fueron mujeres y nacieron, una detrás de la otra, en un caserío al norte, en donde se establecieron. Su papá tocaba el violín y fabricaba ladrillos. Cuando vino la bonanza, me dice, pusieron el almacén. La verdad es que no nací en el campo, confiesa, cuando me casé con el Pancho nos vinimos para acá. No dice más nada, no le gusta mucho hablar del pasado. Le pregunto por qué Anastasia, la mujer que cuida a la tía mayor, es mi tía. Contesta, Porque lo es. Anastasia vive con la hermana de la Luli. A veces, cuando tiene quien la reemplace en el cuidado de la tía, se viene para el campo; si no puede, los abuelos van al pueblo. Pero no puedo saber bien de quién es hija. Se esconde de mamá y de las tías cuando están todas aquí. Es prudente, dice la Luli. Busco prudente en el diccionario: *que denota prudencia. Busco prudencia: adecuar o modificar la conducta para no recibir o producir perjuicios.* Sigo sin entender y no quiero preguntar, porque la Luli se molesta y me dice, ¿Qué te enseñan a vos en la escuela, eh?

El abuelo compra otro sol de noche para que podamos cenar en la galería. Y eso hacemos. Tapo la jaula del canario para que sepa que tiene que dormir; la grande, la de los tordos, se la dejo a la abuela. Miramos el parque y nos quedamos callados. Ya no vienen los chiflones. La Luli me dice que volverán, que ahora están asustados por lo que pasó, pero cuando los árboles larguen brotes nuevos, harán otra vez allí sus dormideros. Me pide que ponga sobre el sol de noche unas ramas de paraíso así engañamos a los bichos, se meten entre las hojas y no nos molestan mientras cenamos. Hoy el abuelo tuvo ganas de hacer un asado. Aún quedaba una tira de costilla del animal que carnearon. Me explica que la persona que planta un paraíso no ve su sombra, por eso él no plantó ninguno. Igual, los paraísos nacen guachos alrededor del campo. Tampoco se anima a sacarlos, manda al peón. Cuando vienen mis hermanos jugamos a que las bolitas son dardos venenosos y si te pegan, morís. Las flores forman ramitos, pequeños y olorosos como el jazmín, pero más dulces y suaves. La Luli los coloca en vasos petisos que desparrama por toda la casa. El abuelo dice que mañana saldrá con el aire comprimido a cazar loros. Que *ese* de la comuna, que se cree presidente, no mandó a nadie a liquidarlos, y que él los agarrará por su cuenta. Los desgraciados se están comiendo el maíz. Cuando traiga a los loros que cazó, si yo me animo a cortarles las patas, me dará una moneda por cada par. El abuelo sale a matar loros con la gata que se llama Hortensia y el perro que arrastra la pata. Cuando la abuela se va a la cocina para traer los duraznos al natural me dice, Los estoy entrenando como cazadores, hace un gesto con la mano y me los señala, vos chito, ni una palabra de esto. Sabe que la abuela no quiere que ande llevando a sus animales por ahí. Para las palomas compró un cebo en la veterinaria. Ojo con lo que hacés, dice la Luli cuando se sienta de nuevo a la mesa, si algo le pasa a mis bichos no te hago nunca más de comer. Yo me río y ella me mira seria. No me imagino al abuelo haciéndose de comer. Creo que ni siquiera sabe encender las hornallas. Para todo depende de la abuela. Me vuelvo a reír, y algo habrá visto porque me pide que abra la boca. Yo la abro. Me inspecciona diente por diente y me mueve el que está flojo. ¿No querés que te ponga una piolita y lo arrancamos? Le digo que no, que prefiero que se caiga solo. Lo que no le cuento es que mis compañeros me dicen lechita porque recién se me cayeron solo algunos y ya se me pasó la edad. Me pongo furiosa cuando me cargan, les saco la lengua y los escupo. Seré lechita, grito, pero no tengo esos agujeros asquerosos como ustedes.

Le pregunto al Pancho si mañana puedo ir a darles de comer a los terneros que destetaron; los más chiquitos me chupan los dedos porque creen que es la teta de la mamá. ¡No te ensucies con bosta! dice la Luli, mirá que aquí no hay lavarropas, ¡te pongo a fregar a vos!

Otra vez insiste en que abra la boca y sin preguntar nada me pega el tirón. Me saltan las lágrimas y un hilito de sangre cae sobre la mesa.

La Luli llora agarrada al respaldo del sillón. Cuando me ve se limpia rápido. Vení, sentate que tengo que decirte algo. *Algo* es que se murió la tía mayor. Las lágrimas se le escapan entre hipos ruidosos y se queda sin hablar. La abrazo. Hundo la cara en la tela de su batón. Huele a té de manzanilla y a yema de huevo. Me tranquiliza ese olor. A mí tampoco me salen las palabras, nunca antes se murió alguien que yo conozca. Quiero decirle que no esté triste, que le hago compañía... pero no puedo. La aprieto fuerte hasta que se va el nudo que no deja que se formen las palabras. Me revuelve el pelo en señal de que me entiende. Le agarro la mano. No me importa que sea nudosa y seca, es la mano más calentita del mundo. Se la doy vuelta y le hago sobre la palma, *Ralé ralé para mi naré.* Tiene los anteojos empañados y torcidos, las mejillas mojadas. Me animo y le paso los dedos para secársela. Se deja hacer y frunce los labios para no llorar. Ahora sonríe aunque no le sale muy bien. Sigue acariciando mi cabeza y me dice despacito, Te quedan lindas las trenzas.

A la tía Lucrecia la velan en su casa. Prepararon la sala y las vecinas ayudan a Anastasia a hacer la comida para poder pasar la noche en vela. No viene nadie de la familia, sólo el tío con la mujer y el bebé. La gente entra y sale, los hombres se sacan el sombrero, se les ve la raya en la frente que divide sus caras, coloradas por el sol, de la parte blanca que da contra el pelo. Las mujeres de esos hombres tienen las manos ásperas y llenas de grietas. Me corro de lugar cuando quieren hacerme una caricia. Anastasia coloca dos sillas enfrentadas porque no quiero quedarme sola en la habitación. Me acomodo allí y me duermo. Cuando abro los ojos, la Luli susurra algo entre dientes. Tiene el rosario entre las manos y lo hace girar cuenta por cuenta. Anastasia, al lado del cajón, limpia con un algodón la sangre desteñida que va desde la nariz hacia el cuello de la tía. Hay un olor fuerte y me dan ganas de vomitar. No llego al baño. Pero la Luli no me reta: me limpia la solera con su pañuelo blanco y húmedo. Cada persona que entra la saluda, le da un beso y le dice, La acompaño en el sentimiento. También llega la maestra con su hija. Desde el año pasado que no veo a Vera. La invito a jugar y miro a la Luli, me da permiso inclinando la cabeza. Salimos a la vereda, damos vueltas alrededor del árbol, una y otra vez. Vera transpira porque giró demasiado rápido. Volvemos a la sala y nos ponemos al lado de los ventiladores. El pelo se nos vuela hacia atrás. Ella se ríe fuerte. Después me da la mano, me hace agachar, y pasamos por debajo del cajón. Cuando volvemos a pasar, Vera se estira, golpea la cabeza en el cajón y lo hace tambalear. La maestra la saca de un tirón y la zamarrea. Me voy rápido al lado de la Luli y me quedo quieta.

—Nos vamos —dice la maestra—. Con esta no se puede ir a ningún lado —vuelve a zamarrear a Vera y se dirige a la abuela—. Después de las fiestas nos quedamos en la escuela... por si quiere mandarla a jugar —y me señala.

Llegan unos hombres de traje negro con una tapa alargada y lustrosa. Anastasia se acerca, se inclina y besa a la tía, le acomoda las flores en los pies y el tul alrededor de la cabeza. La Luli saca de la cartera un montón de papelitos y se los coloca debajo de las manos. Antes de que cierren el cajón me alza, me inclina sobre la tía, y me dice que la bese. Yo me paralizo pero no puedo hacer nada porque ya estoy sobre la muerta. Su cara es dura y fría. Me mareo y no me acuerdo más. Me despierto en el baño con la cara mojada. La canilla está abierta y las gotas del chorro me salpican. Conmigo está Anastasia, me seca rápido y dice, Vamos que se están yendo, nos van a dejar.

—¿A dónde vamos? —pregunto.

Hay una fila con muchos autos; nos metemos amontonadas en el auto del tío y su mujer, que también llevan al peón que llegó a última hora. El bebé llora.

—Tiene calor —dice la mujer, y le pone en la boca una mamadera con agua.

—Este es el cementerio —me explica Anastasia cuando estacionamos.

Me tiene agarrada fuerte de la mano. No se da cuenta de que me está haciendo doler. Miro para todos lados buscando a Vera. Se adelantan el tío, el abuelo y otros hombres, y bajan el cajón. En una casa chiquita que tiene un ángel pintado en el frente y las puertas abiertas, lo ponen sobre caballetes. Es una linda casita para jugar a las muñecas. Anastasia me suelta para hacer la señal de la cruz. Paseo por el cementerio. Hay muchas casitas diferentes pero parecidas, algunas rotas y llenas de yuyos, otras inmensas, podría vivir toda mi familia allí adentro. Sobre algunos tapialitos que aparecen desde la tierra hay fotos amarillentas y números. La gente que vino acompañando a la tía muerta se refugia bajo la sombra de los árboles. Están llenos de pájaros que empiezan a cantar todos a la vez.

—¡¿Dónde te metiste, nena?! —es la voz de Anastasia. Corro a su lado.

Veo una polvareda a lo lejos, luego un auto. Son mamá y papá que acaban de llegar. Se abrazan con la abuela.

Mamá le dice a la Luli por lo bajo:

—Como traés a la nena a todo esto.

—*Todo esto* es la muerte de Lucrecia, mi hermana.

[Cada noche después de esa noche, Lina, te despertás con la cara de la tía mayor sobre tu cara: te mira desde el cajón con los ojos abiertos; no hace ningún movimiento, sólo te mira y sigue tus pasos con su mirada. Intentás sacarla de tu cabeza contando las estrellitas que se esconden bajo tus párpados, pero una de esas estrellitas se empieza a agrandar y de pronto es un ojo abierto de la tía. El terror te hace gritar, y gritás tanto que llega Luisa y te sacude para que dejes de hacerlo. Se queda con vos hasta que te dormís de nuevo. Pero a la noche siguiente y a la otra, te vuelve a pasar, y escuchás que tu abuela habla por teléfono y se refiere a "los terrores nocturnos propios de la edad". Quisieras decirle que sólo soñás con la muerta porque te obligó a besarla, pero aprendiste a callar, y eso es lo que hacés.]

A la tarde llega Anastasia. La trae el correntino de la provista. El correntino charla con el abuelo del tiempo y del precio de la leche. Anastasia se sienta en la galería junto a la abuela; saca de una bolsa de papel unas roscas dulces. Me convidan; comen calladas mientras se balancean en los sillones; de tanto en tanto espantan con las manos las moscas que dan vueltas sobre las roscas. El correntino toca bocina desde la tranquera y Anastasia se despide. El abuelo, antes de que se vaya, siempre le pregunta lo mismo, Cómo estás vos. Y ella le dice, Bien. La Luli trae jalea de membrillo, manteca, un pollo y verduras, y mete todo en una caja. Anastasia agradece y balbucea, Luisa acuérdese de mi dolor de cabeza. La Luli cura de palabra la bichadura (de humanos y animales), el mal de ojo (de humanos y animales), las quemaduras y el empacho. Me cura el asoleo cuando me escapo a la siesta sin la gorra. Para el empacho usa metros de cinta roja, para el asoleo un vaso con agua: lo pone sobre la cabeza y el agua del vaso empieza a hacer burbujas, Hierve, ya se te va a pasar. Conoce cada yuyo y para qué sirven. En vez de ir al médico, ella y el abuelo toman unos jugos que salen de esos yuyos. Para el catarro me pone cataplasmas y corta el hipo con la mirada.

Esta tarde le dijo a Anastasia, No es justo que pueda curar a todo el mundo y que no haya logrado aliviar a mi hermana.

Las otras hermanas de la Luli viven en una ciudad que queda lejos. Una está casada con el hermano del abuelo. Con esa no se hablan. Mamá dice que lo pretendía al abuelo y él la eligió a la Luli, entonces la otra para vengarse se casó con el hermano. Así fue como en la familia quedaron emparentados dos con dos. A la hermana que no le habla la abuela le manda igual naranjas y verdura. La hermana recibe todo pero sigue muda.

La Luli se sienta de nuevo en la galería al lado de la jaula de los tordos y los gatos comienzan a acercarse. Toman leche de unos potes de aluminio desparramados a lo largo de la pared. Gracias a mis gatos se acabaron las ratas, dice. La única que tiene nombre es la gata Hortensia, que me corre como si fuera un perro. Si no la dejo entrar maúlla cerquita de mi ventana. Salgo despacito, le abro la puerta y se esconde bajo mi cama. Es una gata rara, dice la Luli, se hizo amiga de estos. Y señala a los tordos, que son negros y malos; si abro la puertita de la jaula para darles huevo duro me picotean los brazos. El abuelo rezonga, Soltá esos bichos Luisa, no me gusta ver a los pájaros encerrados. Pero yo escuché cuando les silba bajito porque cree que no hay nadie a la vista. La Luli no le hace caso y sigue metiendo en la jaula los tordos que le atrapan los vecinos. Hortensia espanta a los otros gatos cuando la abuela deja que los tordos salgan un ratito de la jaula. Así aprenden lo que es la libertad, dice. Pero antes de soltarlos les corta las alas.

El abuelo me sacude: quiere que lo acompañe al tambo. Falta mucho para que salga el sol. La Luli no tiene ganas de ir desde lo que pasó con la tía mayor.

Hay tres banquitos apoyados contra la pared del tambo. Allí se sientan para ordeñar. Las vacas entran una detrás de la otra, como buenas alumnas. Si no alcanzan los banquitos para todos, dan vuelta un tacho. El abuelo les manea las patas de atrás; coloca sus colas, largas y sucias, entre las vueltas del lazo, Así no pueden moverlas hacia los costados, me explica.

La primera vez que quise ordeñar, me costó trabajo. Las ubres son duras, hay que estirar cada teta masajeándola por el medio, y ahí recién largan el chorro de leche, que no es un chorro, sino apenas un hilito blanco. Si se está práctico se ordeñan de a dos tetas por vez y el balde se llena pronto con una capa gruesa de espuma. La leche sale caliente y el abuelo me ofrece el primer vaso. Demoro en ordeñar; la vaca saca la cola de la manea y la levanta. No alcanzo a correrme. Decenas de lunares verdosos e irregulares quedan sobre la remera, los pantalones, la cara. El abuelo me señala y se ríe a carcajadas.

Me vuelvo llorando al chalet. Parece que nunca llego y eso que corro y corro. Al lado del tambo vive el peón, y luego viene la casa del tío y su mujer, y mucho después la de los abuelos. Es una calle larga larga de tierra con paraísos a los costados. La Luli me ve y también quiere reírse, pero se contiene. Me da el jabón blanco y me indica que lo pase sobre cada lunar y que extienda la ropa sobre el pasto para que cuando salga el sol, se desmanche. Me enseña como hacerlo, se agacha y se le caen del bolsillo los porotos que hace días nos mostró el abuelo. ¿Para qué los habrá guardado? Los patea hacia el borde de la veredita con disimulo y caen rodando entre el pasto. Es difícil con la bosta, dice. Al otro día me hago la enferma. El abuelo saca el tema en el almuerzo y se ríe a carcajadas.

Me gusta jugar con los banquitos del tambo. Voy a la siesta por el camino largo, siguiendo la sombra de los paraísos. Si veo algún perro me desvío para que no ladre. Me calzo las zapatillas aunque me transpiran los pies; si se llenan de tierra las uñas, la Luli se da cuenta y me pone en penitencia. Paso cerca de la casa del tío. Cuando llegué al campo había en su casa dos mujeres. Una tenía una panza inmensa y puntiaguda. En esa panza vivía un bebé que cuando salió se lo dejó a la otra mujer, a la del tío. El día del parto se fueron los tres volando al pueblo en el Renault 12, y volvieron también tres, pero uno era el bebé.

Ahora preparan el bautismo. Carnearán lechón, cordero, pollos y el abuelo dice que comprará vino Toro, su preferido. Para los chicos, jugo. También habrá torta de chocolate. La Luli quiere ponerle encima una pasta blanca y dura que se llama glacé. Le hará firuletes en los bordes, y sobre el glacé piensa colocar una paloma que se apoya en una estrella dorada de muchas puntas. La vio en una de las revistas que le trajimos y me la muestra.

El bebé tiene pelo hasta el borde de las cejas. El tío lo muestra con orgullo y pregunta a todo el mundo si se le parece.

Al final dejan el bautismo para más adelante, Hay demasiadas fiestas en el horizonte, dice el abuelo, y con el calor que hace nadie quiere venir al campo. Además los árboles tienen que reponerse de la catástrofe, opina la abuela. Mirá lo que es esto, y señala el parque con tristeza.

Para Navidad vamos a la casa del tío. Anastasia llega por la mañana. La Luli nos pide que la ayudemos a emborrachar el pavo. Le abre grande el pico y le echa dentro un vaso entero de coñac. El pavo aletea y se le escapa. Corremos a los gritos detrás del pavo hasta que se tropieza con la manguera que dejé sin enrollar cuando regué a la Adelina. Está mareado. Aprovechan las dos para agarrarlo. Lo llevan al lavadero y la Luli de un solo tirón le retuerce el pescuezo; el pavo queda con la lengua afuera y deja de aletear. Enrosca una tira alrededor de las patas y la pasa detrás de la canilla. Saca el cuchillo filoso y le da un tajo en el cogote: la cabeza del pavo queda colgando de un hilito. La sangre empieza a chorrear y Anastasia pone un frasco por debajo.

—Yo lo pelo, Luisa.

Trae una olla de agua hirviendo.

—Que no le queden canutos; si se te pasa alguno lo quemás en la hornalla.

La Luli prepara el relleno con pan mojado en leche, los menudos picados, ciruelas, nueces, pasas de uva. Riega el pavo con lo que quedó del coñac y lo pinta con la manteca que le ayudé a preparar. Corta el rabo y le pone una manzana verde entre las patas, como tapón, para que el relleno no se salga. Anastasia prepara puré de batata y ensaladas. El abuelo se rasca detrás de las orejas y controla el horno de barro donde se están cocinando los pandulces. La Luli me hace uno chiquito y sin frutas. A último momento Anastasia encuentra una barra de chocolate Águila, la pica sobre la tabla en pedacitos y coloca los trozos dentro de la masa. La ayudo a ponerla en un molde de papel enmantecado y me chupo los dedos. El abuelo me chifla. Voy a ver qué necesita. Me muestra los cinco loros que están sobre el piso de la galería. Si te animás te pago, y saca el cuchillo que lleva siempre debajo del cinto. Miro al primer loro mordisqueado por la gata Hortensia. Debajo de las plumitas verdes le sale un bulto oscuro. Parece que las patitas aún se mueven. Le digo al abuelo que la Luli me llama y empiezo a correr. Me escondo detrás del tanque australiano. Desde allí escucho las carcajadas del abuelo.

Estoy contenta. Pego saltitos alrededor de la abuela y de Anastasia, porque esta noche llega el Niño Dios. Me pongo la solera con rayitas de tres colores y las sandalias blancas. La Luli, el batón nuevo, y por debajo la polera de algodón. Aunque haga un calor de morirse ella no sale sin la polera debajo del batón. El abuelo se saca las bombachas de campo y le dice a la abuela que le alcance el pantalón de los casamientos y los velorios. Anastasia trajo la blusa de raso y me deja que le haga un peinado recogido con una hebilla de estrás que encontré en el fondo de la mesa de luz. Nos miramos y el abuelo dice, Qué lindas están mis mujeres. Vamos por el camino de los paraísos tratando de pisar el pasto y no la tierra. El abuelo alumbra con la linterna. Es noche sin luna y no se ve ni un metro hacia adelante. Las luces nos indican que la casa del tío está cerca. Una lechuza chista sobre el poste y pego un salto; bichitos de luz, como estrellitas, se mueven para todos lados y pasan por delante y por detrás de nosotros. La mano de Anastasia es calentita. Me pregunta qué me traerá el Niño Dios. Le cuento lo que pedí. Anastasia me señala cada una de las estrellas y me dice sus nombres. ¿Quién te los enseñó?, le pregunto.

En la casa del tío están el bebé y la mujer, el peón y su perra. El tío está chistoso, se agarra la barriga que se le sacude y le pregunta al peón quién preñó a la perra. La mujer lo mira, le hace un gesto que lo fulmina y señala, con la mano libre, las botellas vacías al lado de la puerta. El bebé llora sin parar, la perra se asusta y ladra. La mujer del tío lo hamaca, lo lleva en brazos de acá para allá, está despeinada, aún no tuvo tiempo de cambiarse. Da un portazo y se encierra en la pieza con el bebé que sigue llorando. La Luli va detrás de ella para curarlo del mal de ojo.

Anastasia y yo ponemos la mesa mientras los hombres charlan y toman el vino Toro que el abuelo había comprado para el bautismo.

Traemos el pavo y lo colocamos en el centro de la mesa. Anastasia prepara las ensaladas y después nos sentamos a esperar a las mujeres. La mujer del tío sale perfumada y la abuela con el bebé en brazos. El tío aplaude y se empina otro vasito. Saco la manzana que está entre las patas del pavo y el peón pide que le corte un pedazo de la pechuga. Hablan sobre el tema de la soja; el abuelo dice que estuvo investigando y que sería bueno probar en algunas hectáreas. La Luli parece que se encrespa, Siempre haciendo caso a las pavadas que te dicen los demás, vos. Pero el tío se pone del lado del abuelo: él se encargará de sembrarlas, que el progreso es el progreso.

Anastasia trae los pandulces y la sidra y el peón abre la botella. Mi pandulce está muy rico, no tiene esas pasas negras que me dan asco. El abuelo me codea y me pone en el vaso un poco de sidra.

La Luli no habla. La cara se le arruga de golpe cuando brindan por los ausentes. Un montón de venitas rojas se le aparecen adentro de los ojos. Está aguantando para no llorar. La abrazo. Su batón nuevo huele a colonia y apresto. Tiembla. Anastasia se une al abrazo y nos largamos a llorar las tres.

El tío sintoniza un chamamé y pega unos sapucay. Pero la fiesta ya se arruinó. Quiere acercarnos al chalet con el auto para que no volvamos caminando. Le patina la lengua. El abuelo le dice, Andáte a dormir la mona, vos; el peón se ríe y sale con la perra hacia su casa.

Voy por delante; estoy impaciente por ver qué me trajo el Niño. El abuelo apunta hacia el frente el haz de luz de la linterna y por momentos, para embromarme, pone su mano frente al vidrio y quedamos a oscuras.

Por fin llegamos.

Abro la puerta.

¡La veo!

Es Roberta, ¡Roberta!

La saco de la caja, la miro, la toco, la beso.

¡Roberta!

Se la muestro a la Luli, a Anastasia. Salto, doy vueltas y más vueltas, me apoyo en las dos manos y levanto las piernas hacia arriba. Me río sin parar, abrazo a mi muñeca, fuerte, muy fuerte, y les digo que jamás de los jamases nos vamos a separar.

Nos sentamos en la galería, cerca de los gatos que duermen bajo la jaula de los tordos y al lado del perro que arrastra la pata. Al canario lo entramos antes de irnos. El abuelo se queja de que le duelen los tobillos, abre una sidra, convida a las mujeres y toma del pico lo que resta. Al rato cierra los ojos y apoya la cabeza en el respaldo de la silla. Empieza a hacer ruido; me acuerdo de las zzzz zzzzz zzzz que le salen a los dibujitos en las revistas que le traemos a la abuela. Tiene la boca abierta y algo le chorrea por el costado. La Luli dice, Siempre el mismo. La gata Hortensia se despereza. Sos mi empleada, le digo, vas a hacer lo que te ordeno, y la siento sobre una silla vacía.

La Luli le cuenta a Anastasia que tuvo un sueño: sabe que se va a morir y se lo explica a la enfermera que le está cambiando el suero. La enfermera responde, Pero doña Luisa, qué dice, piense en su marido, no querrá dejarlo solo. Solo no, dice ella, él también es viejo y ya es tiempo de que muera.

La Luli llama por teléfono a Anastasia. Escucho que le dice que no se preocupe por la casa, que nadie la va a sacar de allí. ¡Qué sucesión ni sucesión! Esa casa te corresponde, yo lo arreglo. Anastasia trabaja en la escuela del pueblo. Limpia los baños, ayuda en el comedor y a los alumnos con la tarea. Sos multiuso vos, le dice el abuelo. Anastasia es un poco más grande que mis tías, que el tío, que mamá; si está en el campo cuando ellas vienen, se va a la casa del peón a esperar que alguien la devuelva al pueblo. ¿De quién será hija? Le voy a pedir a Florencio que investigue, él siempre se las ingenia.

Mamá, papá y mis hermanos llegan de improviso después de año nuevo.

—¡Cómo no avisaron! —dice la Luli.

—Querían estar con la hermana, se ponen celosos —explica papá.

—Voy a matar un pollo.

—Estoy a dieta, para mí sólo ensalada —responde mamá, y agrega—. Sentáte y escuchá el plan que tenemos.

La Luli abraza a mis hermanos y los besa en la frente.

—¡Qué grandes están!

Saca el trapo que le cuelga del cinto del batón y empieza a fregar el auto de papá.

—¡Basta, que me lo raya! —grita papá.

Se da cuenta de que habló demasiado fuerte y baja el tono.

—Doña Luisa, mejor nos sentamos a tomar algo fresco. Aquí en la galería está perfecto —y acomoda las reposeras alrededor de la mesa de piedra.

Papá tiene asma, pero cuando llega al campo se le pasa; en cambio cuando va al campo de los otros abuelos, sus padres, le agarra más fuerte.

—¿Por qué será? —le pregunta a la Luli.

—¡Pará con el trapo! —se enoja mamá—. Sentate de una buena vez y escuchá.

—Sí, escuche doña Luisa.

Pero la abuela no se sienta, sigue parada al lado del auto.

—Estamos planeando hacer un viaje. A las Cataratas. Mis suegros, ustedes, los chicos. En dos autos.

La Luli se saca los lentes y se refriega los ojos. Se nota que la tomó de sorpresa.

—Voy a preparar una picadita —dice, y antes de que puedan detenerla se mete en la cocina. Corro detrás de ella para ayudarla. Saca de la despensa queso, salamines, aceitunas, lupines. En un santiamén armamos la picada y la llevamos a la galería. Me manda a buscar el pan que se dejó sobre la mesada.

—No se hubiera molestado, doña Luisa —dice papá, y agarra un pedazo de salamín. Con la boca llena cuenta que Elbia y Liborio, sus padres, están felices de que vayamos todos juntos a las Cataratas.

El abuelo llega del tambo. Lo sigue el perro que arrastra una pata. Lo primero que cuenta es que una vaca me bosteó cuando estaba ordeñando, que me dejó toda verde; me miran y se ríen.

Florencio me tironea de la remera. Jacintito nos sigue. Vamos hacia las tipas. Cada verano nos medimos. La muesca del año anterior casi no se ve. No fue profunda, dice Florencio; saca el cortaplumas que trajo escondido en el bolsillo del pantalón y cava en la corteza hasta que se ve la madera. Corta unas varas de cola de zorro. Me da algunas para que la abuela ponga en el florero de pie, a las otras les saca el penacho y les afila la punta. Me dice que pudo averiguar de quién es hija Anastasia, pero que no me lo va a contar porque soy un estómago resfriado. Me enojo, le ruego, me hago la buena..., pero no hay caso, no suelta la lengua.

Corro detrás de las pelusas blancas que se desprenden del

penacho. Igual que los panaderos, vuelan entre las plantas, suben, bajan, cruzan el alambre, se posan en las bromelias. No logro alcanzarlas. Entonces soplo, soplo fuerte, para que se vayan muy alto y lleven mi pedido hasta los Reyes Magos.

Mamá sigue hablando mientras les saca el pellejo a los lupines.

—Vamos a ir a Cataratas en las vacaciones de invierno.

El abuelo la mira y afirma con la cabeza.

—Ya está organizado. Salimos el 9 de julio. Ustedes vayan juntando la plata, nomás.

Mis hermanos se quedan en el campo. Yo duermo ahora en la habitación con los abuelos. Tienen guardados varios catres de tela para cuando viene gente. A mí no me gusta dormir en el catre porque se hunde al medio. Protesto. Entonces me tiran un colchón en el suelo.

—¿Te fijaste que no haya alacranes? —pregunta mamá.

Me parece que algo se mete entre las sábanas y ya no quiero dormir en el suelo; me subo al catre. Aún veo los ojos abiertos de la tía muerta pero tengo menos miedo porque estoy acompañada.

En medio de la noche, la Luli se levanta y busca la pelela. Aún no pude dormirme. Miro la luna. Es grande y está llena de pozos. ¿Qué habrá dentro de esos pozos? Cuando era chiquita la María mala que trabaja en la casa de mi abuela Elbia me decía con voz gruesa, Laaaa luuuuna camiiiiiiina cortiiiiiiinaaaa. Yo empezaba a temblar. Como ahora. ¿Si se aparecen los monstruos? Pueden ser transparentes y agarrarme de golpe sin que me de cuenta. Pueden ser de esos que atraviesan paredes y vidrios y puertas de metal.

Escucho algo como agua que chorrea. Me quedo quieta y me hago la dormida. La Luli está desnuda hacia abajo; tiene pelos allí donde yo no tengo nada; es muy flaca y el camisón le flota alrededor como una nube; el pis hace ruido como de burbujas. Empuja la pelela debajo de la cama. Me persigno. Rezo. Perdón Diosito, perdón, repito en mi cabeza, no tenía que mirar.

Cuando me levanto papá y mamá ya no están.

Los abuelos hablan en la cocina. No voy a ir, ¿por qué tengo que arruinar mis vacaciones con esa vieja?, dice la Luli. Nos invitaron, Luisa, y esa vieja es más joven que vos y además es nuestra consuegra. Será más joven, pero es mala como la sarna; mirá lo que hace con su propia hija, con esa pobre diabla de Trinidad. ¿Y eso qué tiene que ver?. ¿Quién atenderá el campo, a ver?, ¿quién va a ordeñar, a ver?, ¿y a cuidar los bichos?, ¿y mi quinta?, ¿eh?. Anastasia los va a cuidar, y el peón. No voy a ir, esa vieja es el diablo que anda suelto; acordáte del otro viaje: casi me llevó el viento porque se emperró en caminar por Río Gallegos; Dios me libre y me guarde. No podemos desairar a Elbia y a don Liborio, Luisa, ellos tuvieron la idea. La idea será de ellos pero la plata es nuestra. El viaje al sur no estuvo mal. ¡Fue un desastre! ¿Ya te olvidaste lo que pasó?. ¿Qué pasó?. Me tenía que agarrar de los postes, ¡acordáte!, los postes de las veredas; y no te rías, claro, a vos con esa panza no te lleva ni el tornado. Ni lo nombres, Luisa, ya sabés que lo que se nombra, llega; y no te encapriches, nos hará bien salir un poco. No con ellos. Luisa, vamos a ir, está decidido.

La Luli se levanta y corta la conversación. Pone huevos en una cacerola con agua hirviendo. Después busca tres potecitos de vidrio y cuenta cinco minutos; cuando están listos coloca cada huevo en un pote y le casca la punta. Me llama. Yo hago como que estaba lejos y no espiando detrás de la puerta, y me aparezco con Roberta.

—Lavate la cara, las manos y vení a comer.

Le hago caso. Siento a Roberta al lado mío. Con la cucharita termino de sacar la cáscara. El huevo es una montaña blanda y blanca; hundo la clara, luego el borde de la yema que asoma igual que gelatina amarilla.

Me quita el pote y me mira fijo.

—Con la comida no se juega. ¡Ya sabés que los chicos en Biafra se mueren de hambre! —y busca una de las revistas que trajimos y me señala al negrito—. ¿Ves? ¡Tenés que comerte hasta la cáscara!

¡Ella también con lo mismo!

Termino rápido el huevo. El horno no está para bollos, dice el abuelo, y agrega, Luisa no vamos a desairar a esa gente. Ya le dijimos que no al asunto de comprar la casa en la ciudad. ¡Quién la aguanta a tu hija si no vamos a las Cataratas!

—¡A la tuya, querrás decir! ¡Es igualita a vos! —y va hacia la sala a atender el teléfono.

Es mamá la que llama, pero la abuela corta y baja la chicharra.

Le cuento a la Luli que la culebra oscura me encontró.

Dice que debe ser otra. Le digo que yo la conozco, que es la misma, y que me mira con esos ojos furiosos y amarillos y se me abalanza. No está en la cuneta junto a las flores lilas, sino en el patio entre las plantas, más o menos dónde se esconde la iguana, detrás de las bromelias. Es la siesta y los abuelos se fueron a dormir. Mis hermanos están en la casa del tío. Agarro la manguera y tiro agua. Aparece la culebra y me corre hasta la galería. Es rápida y gorda. Deja una huella en el suelo que parece baba. La gata Hortensia duerme debajo de la jaula de los tordos, se despierta, alza la cabeza, eriza los bigotes, pega un salto y me salva. La tiene apresada entre las patas. La culebra le tira un tarascón y la gata le clava las uñas. Cuando se cansa de molestarla la deja ir y la culebra desaparece rápido entre las plantas.

Salí sin permiso y por eso me corrió la culebra. La Luli dice que cuando hago una desobediencia es el diablo que se me entró al cuerpo. Me quedo quietita en el comedor para ver si el diablo se va. Busco mi carpeta y empiezo a dibujar; termino el dibujo y es ahí donde me viene la idea. En el primer cajón del aparador la Luli guarda el monedero.

A veces el abuelo me lleva al pueblo y cuando termina la recorrida de sus mandados, me compra un helado. Siempre es de un gusto y siempre me quedo con ganas. Abro el cajón con cuidado para que no haga ruido, saco unas cuantas monedas y vuelvo a guardar el monedero en su lugar. Sigo dibujando, después me canso y busco un libro. La Luli me tiene preparada una pila para que lea; dice que las mujeres debemos instruirnos. A la Luli le hubiese gustado estudiar, pero en su época no se usaba. Hasta peleó con el abuelo cuando las hijas fueron terminando la secundaria. Él no quería que se fuesen lejos; entonces la Luli dejó de hablarle, pero como para el abuelo eso era lo mejor que le podía pasar, también dejó de cocinarle, y fue allí cuando dio el brazo a torcer. Las mujeres tienen que buscar otros horizontes, me dice la Luli mientras conversamos, los libros no muerden. Y los da vuelta de arriba y de abajo para que vea que no tienen dientes.

[En una valija de cuero, vieja y grande, que está sobre el ropero, Luisa guarda fotos de gente de antes, que murió hace tiempo. Son los parientes que quedaron en España. Te cuenta a vos, Lina, y a tus hermanos, de los antepasados, y que hay que respetarlos. Ustedes miran las fotos pero les parecen extrañas: mujeres de cara alargada con vestidos largos y negros, bebotes gordos panza abajo sobre una tela con festones, varones altos y flacos, de bigotitos y trajes que parecen de cartón, con los puños blancos que se les aparecen por debajo de las mangas del saco. Luisa pasa una gamuza sobre cada foto y empieza a nombrarlos. Hay una diferente al resto, ovalada; alguien le fabricó un portarretrato de cartón. Preguntás quién es y Luisa responde que es el hermano menor de su papá, su tío, y que ya murió. Cuando llueve ustedes le piden que baje la valija. Además de las fotos hay tarjetas, invitaciones a casamientos, calendarios antiguos, cartas borrosas en sobres arrugados, guantes de seda y otros de cuero, tan duros, que no se enderezan ni siquiera cuando vos, Lina, intentás meter los dedos para colocártelos; hay flores secas entre las hojas biblia de un libro de misa, telegramas, un rosario, el sombrero de su boda, y una pila de recortes de diarios y revistas con frases mal escritas y corregidas encima. En la familia todos saben que Luisa tiene la manía de corregir los errores ortográficos y sintácticos. Corrige hasta letreros y carteles. A la dueña de la tienda de La Constancia le corrigió un cartel que decía: "Utilice la puerta para abrir de lo posible volver a arrimarla"; lo sustituyó por otro que ella escribió: UTILICE LA PUERTA PARA ABRIR Y LUEGO VUELVA A ARRIMARLA. Y le dice a la dueña que se fije bien pues está embruteciendo al que lee. En la heladería hizo bajar otro cartel que rezaba: "Limón con ceresas" para que le pongan la Z en vez de la S. En la casa corrige a todos, hasta a su marido que se ofusca y le grita. Pero ella insiste en que diga brote y no broto, aunque a él no le sale. Lo que Luisa no le muestra a nadie son los sobres del pretendiente que se volvió a ese pueblo de España, en donde vivió su padre antes de venirse a América. Era su tío, que viajó a probar suerte. Pero no le gustaron ni el clima ni la gente ni el lugar, y decidió retornar al viejo mundo con la promesa de llevarla. Luisa había urdido un plan para escaparse con él. Pero al llegar a su pueblo el tío no hizo nada para que ella fuera, y tuvo que conformarse con las esquelitas que venían escondidas debajo de las estampillas en las cartas familiares que enviaba. Esos sobres están en un doble fondo que guarda la valija. Por muchos años lloró a escondidas, hasta que un buen día su padre llegó con la novedad que le había encontrado marido. Y se casó con Pancho y se vino al campo. A veces vuelve a leer las esquelitas cuando se asegura de que está sola, y otras veces le dan ganas de contarte, Lina, esa historia de amor cambiando los nombres de los protagonistas. Cuando Luisa ya no esté, las hijas quemarán la valija y desaparecerá para siempre el secreto del único hombre que amó.]

La Luli se levanta de la siesta y yo le pido la valija. Hoy hay sol, me dice, hay que trabajar. Sale a la huerta con el cuchillo. Voy detrás de ella, coloco las zanahorias, la espinaca y el perejil que va cortando, en una bolsa de tela que saqué del armario.

El abuelo la llama y ella vuelve a la casa. Quedo mirando las hileras parejas y largas, una al lado de la otra. La lechuga es verde clara y sale de la tierra como un crespón; la hilera de zanahorias tiene por encima un penachito verdoso, las agarro por el penacho para sacar la raíz anaranjada; la espinaca es oscura y de tan rastrera no respeta la fila. La Luli cavó una zanja a los costados de cada hilera para que corra el agua. Deja un rato la manguera en cada borde y la zanja se va inundando.

Miro los agujeros oscuros de la tierra removida, allí donde la Luli sacó las verduras. Parecen los pozos de la luna, nada más que estos son negros rodeados de verde.

Viene limpiando el cuchillo con el trapo que cuelga del cinto de su batón. La espero sentada sobre los troncos que apila el abuelo para hacer el asado. Mostrame las manos, pide. Extiendo los dedos hacia ella. Levanta el filo del cuchillo que relampaguea al sol. Me quedo petrificada y no me sale ni una palabra. En este campo a los ladrones les cortamos los dedos, ¿sabés? Lo baja de golpe con un ruido seco y el cuchillo se hunde entre los troncos.

Mis hermanos se fueron con el tío. Él los lleva en el tractor y les enseña a sembrar, a destetar las lecheras, a sacar la mala hierba para que crezca la buena. No hay peligro, dice el abuelo, que se hagan hombres. A mí a veces me llama la mujer del tío para que la ayude con el bebé, pero me hago la loca y no voy. Mi bebé es Roberta y no me separo de ella ni de día ni de noche.

Florencio sigue con el tema de quién es hija Anastasia y por qué está en la familia. Pero como mi hermano siempre miente, no se le puede creer nada. Le dice a Jacintito que es muy chico para saber de estas cosas. Mis primos vinieron por el fin de semana y andan libres como los bichos del monte, dice el abuelo. A los primos sí les cuenta. Me escondo en la habitación y escucho por la ventana. Adivinen de quien es hija Anastasia, ¿de la Luli o del abuelo? Le dicen que se deje de intrigas y que desembuche, y a él, que le gusta ser un sabelotodo, larga, Del abuelo, ¿qué se pensaban? La tuvo de soltero cuando andaba buscando campos por el norte. La mamá era una india y la quería tirar por ahí y él entonces se la trajo. Después se casó con la Luli y ella la crió y la entró a querer.

Cuchichean por lo bajo y no puedo escuchar bien, ahora hablan del peón y mi hermano dice que duerme con la perra y que hace con ella lo mismo que los varones hacen con las mujeres.

¿Qué será lo que los varones hacen con las mujeres? Tengo que buscarlo en la enciclopedia. Yo sé que a la noche, cuando todos duermen, van a espiarlo, porque Jacintito me cuenta.

A la mañana la Luli no los puede despertar; se meten en el baño de a uno y quedan allí mucho rato. Están callados y pálidos el resto del día. Me aburro de invitarlos a jugar y como no vienen me voy a tirarle agua a la Adelina y a buscar la culebra. Nadie aparece y me siento en la galería: los gatos comienzan a llegar. Voy a la cocina y vuelvo con la botella de leche.

Los tordos saben que la Luli está triste y cantan como nunca. Ella les silba, acomoda los huevos duros en las tapitas, y las pone dentro de la jaula. Y yo hago lo mismo con el canario.

El pelo de la abuela se amarronó y se lo digo. Se mete dentro de la casa y vuelve con una taza de plástico, pomos de tintura, guantes de goma, espátula, peine de cola, espejo y toalla.

Los varones se levantan y se van al tambo a ayudar con las vacas y los terneros guachos, y nosotras aprovechamos para hacer cosas de mujeres. Nos arrimamos a la mesa, coloco cerca la silla y el banquito gris. La Luli me explica, Poné un cuarto de este pomo y medio del otro. Después revolvé con la pinceleta para que el tono quede parejo.

Separo su pelo finito en hileras, igual que como están sembradas las verduras y voy pintándolo de adelante hacia atrás, dejando un surco espeso sobre las raíces blancas. En un momento la abuela tiene todos los pelos parados y separados por filas; sin querer le manché la frente y el marco de los anteojos. Ahora ya no parecen atigrados los marcos, le digo, parecen ensuciados.

Nos reímos.

Se queda con la toalla sobre los hombros, espera que la tintura haga su trabajo; me bajo del banquito y le alcanzo el espejo. Se mira el teñido y después presta atención a su labio superior: saca la pincita plateada del bolsillo, infla el labio con la lengua y tira fuerte cuando encuentra lo que busca. Ni titubea. Sólo cierra los ojos después del tirón.

Le pregunto por qué usa poleras con el calor que hace. Para no traspirar el batón, me dice. Es graciosa mi abuela. El batón se prende por delante y está descolorido. Guarda los nuevos para cuando va al pueblo.

Me cuenta que mi prima ya entró en fecha. No le respondo

y me pongo colorada. Me da vergüenza hablar de estas cosas. A mi aún no me vino lo que les viene a las mujeres, pero la abuela me dijo que esté atenta. Ella sigue contándome que mi prima se casó con panza y que ella fue la única que la defendió. Le envió una parva de cosas. Se deshizo de sus cubiertos nuevos, de mantas, sábanas y algunos muebles. Mamá se lo reprochó, criticando a mi prima. Pero la Luli la hizo callar, ¡Vos también tenés una hija mujer!

El sol está alto en el horizonte cuando veo que nuestro auto clava los frenos debajo de las tipas. Si mamá llega de este modo, algo pasa. Es la tercera vez en menos de un mes que viene al campo y no es fin de semana. Corro a su encuentro; me aparta y dice, Dónde está tu abuela.

Señalo con el dedo.

Me mandan al tambo. No quiero ir hasta allá. Desde el chalet hasta el tambo el camino de tierra es largo y desparejo y se me ensucian los pies. Hago una parada en la casa del tío, le pido agua a la mujer y alzo al bebé, pero se pone a chillar y se lo devuelvo. Voy rezongando por debajo de los paraísos. Ya perdieron sus flores chiquitas, que huelen como el perfume de abuela Elbia. Quiero treparme para sacar las bolitas, pero me raspo las rodillas, así que mejor cuento los agujeros que los gusanos hacen en la tierra. Me dijo Anastasia que cuando salen de sus cuevitas se convierten en chicharras.

En el tambo, el peón terminó de limpiar; el piso está mojado y los charcos sobre el cemento parecen lagunitas. Hay olor a lavandina por todas partes. Las moscas forman nubes negras. El zumbido las lleva de un lado a otro. Detrás de los corrales desagota el agua con bosta que corre hacia el bajo. Es un líquido musgoso y oloriento, lleno de bichos y moscas de ojos verdes y saltones. Ojos de tábano, dice el abuelo, como los tuyos. A veces el agua que tomamos tiene ese olor.

El bajo está pegado al campo del vecino, no hay buenos alambrados y siempre algún animal se cruza y come el sembrado que no le corresponde.

Ahí viene el problema.

Escucho una bocina. Me detengo y miro: el vecino está llegando por la entrada del tambo y levanta polvareda; no cierra la tranquera ni la puerta de la chata cuando baja. ¿Por qué hoy están todos así?

El abuelo terminó de juntar las lecheras y se acerca a la camioneta montado a su caballo; levantan las manos, señalan hacia arriba y luego hacia el bajo. De tanto en tanto el viento trae algunas palabras, que sea la última vez, pagar el maíz, si no lo arregla.

El vecino se sube de nuevo a la chata y se va desparramando nubes de tierra.

El abuelo me hace un lugar sobre la montura, piso el estribo que me deja libre y me trepo al caballo. Volvemos al chalet. ¿¡Adónde te metiste nena!?, grita mamá. Nos bajamos; el abuelo ata las riendas en el alambrado más cercano a la casa. ¡Siempre la misma, vos! Prepará tus cosas que nos vamos. Estoy desorientada, ¿por qué tengo que irme?

El abuelo agarra a mamá de un brazo y se la lleva al medio del parque. Entro a la cocina llorando porque me quiero quedar; la Luli prepara algo que no sé que es, mete en una olla el pan en vez de la cebolla picada. Me mira, me limpia los mocos con su delantal y me dice, Metete en la pieza.

Espío por la ventana y veo que mamá se sube al auto y se va. ¡Qué alivio! Salgo a la galería a buscar a la iguana Adelina. El abuelo se sube otra vez al caballo. Lleva pinzas y un rollo de alambre al costado de la montura; al trotecito y silbando, enfila hacia el bajo. Ninguno de los dos quiere pagar un alambrado nuevo. Los números no dan, dice el Pancho.

Voy a la quinta a buscar espinaca rastrera, la preferida de la abuela, y sin querer agarro una planta de ortiga.

Grito.

Grito.

Grito.

La Luli me alza y hace unos firuletes en la palma de mi mano y me la pone en una palangana con agua helada. Peor es pisar una yarará, dice, y me cuenta la historia de algo que le sucedió. Fue cuando tenían la quinta al lado del potrero de las ovejas. Iba a regar las verduras por la tardecita, cuando el sol baja, que es la mejor hora para regar. Se había sacado las botas de goma porque le apretaban: tenía una ampolla que supuraba en el talón. La Luli entró a la quinta muy campante con la manguera en la mano, y de pronto pisó algo frío y viscoso, algo que la hizo de hielo.

—Era gorda como mis dos brazos juntos —me cuenta, y se

arremanga la polera para mostrarme como quedan de gruesos un brazo al lado del otro.

—Se me congeló la sangre, así como te lo digo, allí supe lo que era tener la sangre helada. Pegué un salto tan alto hacia atrás que me caí al lado del ceibo, bien lejos de la quinta.

—¿Y la yarará?

—Cuando se enroscaba para abalanzarse apareció el perro que arrastra la pata, que hasta ese momento no la arrastraba, y se puso entre la víbora y yo. Meta ladrarle meta ladrarle lo mordió a él. Después de eso le salió un quinto dedo con uña que repele la ponzoña. Lo velé día y noche al pobrecito, con una jeringa le hacía tomar leche que es lo mejor para el veneno, pero se le secó la pata. La yarará se quedó sin fuerzas después de picarlo y allí aprovechó el abuelo para partirla en dos con la pala de punta.

A mí también se me hiela la sangre de tan solo pensar lo que me cuenta la Luli y abrazo a Roberta, que está asustada, para que no llore.

—A partir de ese día miro bien por donde camino. Y el Pancho cambió la quinta de lugar, porque si matás una yarará seguro hay otra que viene a vengarla.

Le digo que no se me pasa el ardor de la ortiga, la picazón está debajo de la piel donde no puedo rascarme, me fricciono en los pantalones, en la remera y nada.

—Era una ortiga macho —explica—, por eso arde así. Mañana ni te vas a acordar.

Florencio se me burla y me tironea. Los primos se fueron y ahora se aburre con Jacintito y quiere que yo lo siga. Es un interesado, bien que me deja de lado cuando tiene compañía. Dejate de quejar, mantequita, y vamos al tambo. Le digo que no, pero tanto me hincha que al final, voy. Le gusta inspeccionar la fosa que acaban de terminar: es un rectángulo largo y profundo donde los hombres se meten y de pie ordeñan las vacas. Dejaron los banquitos y los tachos dados vuelta contra la pared.

El abuelo dijo que tenían que hacerla, sí o sí, para que el tambo rinda más; y aunque todo estuvo patas para arriba por quince días, no hubo otro remedio. Florencio no puede abrir la puerta que guarda los productos para curar a las vacas y se mete por la ventana. En el estante de arriba encuentra algo para mi ardor.

—A las vacas les pasa lo mismo cuando se tragan las ortigas sin querer —me dice—. Para ellas es peor porque le pican las tripas y solo pueden eructar para que el peón se dé cuenta.

El frasco tiene una etiqueta con una plantita verde borroneada. Me fricciono fuerte con el líquido, con desesperación. Me arde mucho más y entonces me vuelvo corriendo al chalet. La Luli manda a buscar a Florencio, que no aparece por ningún lado, hasta que el tío lo trae en el tractor. Lo interroga y dice que él me lo advirtió, que yo tengo mala leche para culparlo, pero la Luli no lo escucha, lo agarra de una oreja y lo encierra en la habitación. Y nos vamos a toda bala hasta el pueblo. Me quedo en la guardia del hospital, Para control, dice el médico. Florencio me hizo poner el veneno con que rociaban el lomo de las holando argentinas para matarles los piojos y la sarna.

Anastasia llega a la guardia y la abuela le habla en voz baja, Aquel sueño que tuve. ¿Te acordás? Quizá no era como yo lo interpreté. Jacintito, que vino al pueblo con nosotras, la señala con el dedo y pregunta, ¿Vos sos hija del abuelo? La Luli abre grande los ojos y Anastasia se pone colorada.

El médico me da el alta y en un papel largo anota las instrucciones. Volvemos al campo. Mi hermano sigue encerrado en la habitación. La Luli entra y se queda largo rato sermoneándolo. Después le abre la puerta. Él sale silbando, me mira de reojo y me saca la lengua.

Es la noche de Reyes. Estamos entusiasmados esperando que pasen en sus camellos por el campo. Con el más chico preparamos la comidita. En unos platos ponemos alfalfa que el mayor arrancó del potrero. También agua. ¿Y los Reyes qué comen?, pregunta Jacintito. Les dejamos pan dulce un poco seco, que sobró de Navidad, y un trozo de turrón de maní.

A la mañana, bien temprano, me levanto sin hacer ruido; los platitos están vacíos y el agua derramada en el piso. Una inmensa pelota de plástico tiene un moño y una tarjeta que dice, "Para los tres". Me siento triste. Por suerte tengo a Roberta bien agarrada de la mano que me consuela. Al rato se levantan mis hermanos, agarran la pelota y se van a jugar al patio.

Esta tarde íbamos a invitar a Vera para que nos cuente qué le trajeron los Reyes. Pero nuestros planes se cambian porque llega el vecino por la entrada principal. Esta vez no levanta

nubes de polvo y cierra con suavidad la puerta de la chata.
Llama golpeando las palmas. La Luli espía por la ventana y
sale. Nosotros nos arrimamos a escuchar. Le pide que le cure
los terneros abichados. Tengo que verlos, dice la abuela. Y se
saca el delantal de cocina. Nos subimos rápido a la caja de la
camioneta. Mamá nos tiene prohibido viajar allí. Si frena de
golpe, se caen y se desnucan, nos dice, o los despide la chata
y los pisa con la rueda. Pero a nosotros nos encanta sentar-
nos sobre la cubierta de repuesto que está sobre el piso de la
caja, o apoyar la espalda contra la luneta. El vecino arranca
y nos sostenemos del borde de la cubierta. El viento me trae
las trenzas hacia la cara y huelo a todo pulmón el pasto húmedo de la cuneta. Se forman remolinos de tierra que tapan
los paraísos: se agitan, se elevan y se desploman más allá, sin
un ruido, nublando la visión de los potreros. Cuando la chata
se traga la loma de una alcantarilla, pegamos un salto y nos
desparramamos en el piso de la chata. Huija huija huijaaa,
grita mi hermano, imitando a un domador de caballos. El vecino abre la tranquera, la tierra que flota cae sobre nosotros
y estornudo.

Al lado del molino están esperando los terneros abichados. Tienen abultado allá abajo por la cantidad de gusanos
que se les metieron. El vecino corre a los terneros y los tumba
de a uno, los sostiene por las orejas y la cola, la rodilla sobre el
lomo. La abuela saca del bolsillo del batón una tira larga con
cuentas enlazadas; reza, se da vuelta, hace cruces en el piso.
Les echa a cada ternero, en la bichera, un jugo que trajo en
un frasco oscuro. Al rato los gusanos comienzan a salir. Son

blancos, se retuercen como si algo les doliera. El vecino, con la uña, los va apartando y los hace caer sobre la tierra. Luego los pisa. Hace lo mismo con cada uno de los terneros hasta terminar. Aprieto fuerte los ojos para contar las estrellitas detrás de los párpados. Pero las estrellitas blancas se retuercen igual que los gusanos.

El vecino nos invita a tomar unos mates a su casa; queda a unos metros de allí. Le indica a la Luli dónde está el baño por si quiere lavarse. Él se refriega las manos contra las bombachas sucias y llama a su mujer. La mujer es gorda y bizca y cocinó bollitos caseros con dulce de batata adentro. Nos convida. Están tibios. No bien termino uno ya me da otro y luego otro. Mis hermanos se terminan la fuente. Le pego un codazo al menor porque mira a la mujer y se pone bizco. Ella va hacia la cocina y vuelve con un paquetito que tiene adentro los bollitos que quedaron en el horno.

El sábado es la Feria Franca. Llega gente de toda la colonia a vender lo que tienen en las chacras. Nosotros llevamos verdura, leche, huevos, la manteca que hace la Luli, y algún bicho que carnea a último momento para que esté bien fresco.

El abuelo mueve la cabeza de un lado hacia el otro y dice, Yo no te voy a llevar Luisa, no voy a hacerle el caldo gordo a *ese* que se le subió a la cabeza el nombre de presidente. La Luli ni lo escucha, habla con el correntino y arregla todo.

Pongo en una canasta los huevos de la veteada, ahora que sé dónde los esconde; la ayudo a hacer los atados de acelga, perejil, orégano, romero, lechuga arrepollada y espinaca rastrera. A la espinaca le saco los palos. Es la mejor de la región, dice orgullosa la Luli, yo inventé los injertos. Los chicos crecen sanos y fuertes si comen mi tortilla de espinaca. Nos hace un cóctel de huevo batido y oporto, para fortalecer los huesos, y nos obliga a tragar lo que quedó de la noche.

Florencio acomoda los cajones y pone adentro la lechuga arrepollada, calabacines, melones, sandías y los primeros duraznos. Ayer arranqué uno de la planta, y apurada para que mis hermanos no me lo quiten, lo mordí con cáscara y todo. Cuando me di cuenta me había tragado la mitad de un gusanito que estaba sobre el carozo. Quise vomitar pero la Luli me dijo, Lo que no mata engorda y vos no te moriste. El gusano era blanco y se retorcía, le digo, igual que el de los terneros. Este es de otra clase, ¿no lo miraste bien? Gracias a ellos los duraznos crecen jugosos. Tuviste mucha suerte en encontrarlo. Me quedo pensando si la abuela no me estará macaneando. Este verano la descubrí varias veces diciendo mentiras piadosas, como ella dice que son. Me explicó que sólo les está permitido decirlas a los grandes.

El abuelo escupe varias veces el suelo de la galería y ni nos mira, luego se trepa al molino con una botella de vino Toro, y no baja ni siquiera cuando nos vamos.

En la Feria nos espera Anastasia, que trajo sillones que se pliegan.

—Tenemos el mejor lugar. ¿Viste? —dice la Luli—. Este hombre habla al cuete nomás, el presidente le tapó la boca.

Se refiere al abuelo.

Hay un puesto al lado del otro: venden embutidos caseros, carne que asoma entre hielo picado, pescados que cuelgan de caños y que todos miran de costado, con desconfianza.

—El río queda lejos —dice la Luli.

—Y el pescado se pudre por la cabeza —responde Anastasia.

La gran novedad de la Feria es la soja. La noticia que un poroto nos va a cambiar la vida corre de boca en boca. La Luli se ríe cuando lo escucha; discutió con el abuelo y el tío todo este tiempo, y se sigue riendo cuando afirman que va a alterar la historia de la alimentación y del bolsillo.

—¿Estos creen que inventaron la pólvora?

—Nadie va a sembrar eso —comenta la del puesto de al lado—. Están locos.

Pero todo el mundo se acerca a mirar cuando una flaca con pañuelo en la cabeza hace rodar por un colador inmenso los porotos que van y vienen, mientras el petiso que la acompaña explica a través de un megáfono todo lo que se puede elaborar y lo nutritiva que es. Después muestra algo que parece carne picada y dice que es igual a la carne de vaca.

—Mejores proteínas, tiene —y concluye que va a sacar a las pequeñas explotaciones de la miseria. Jacintito tuerce la boca en señal de asco.

Pasa una clienta y le pide a la Luli crema de leche y también lechuga mantecosa.

—Esta lo hace a propósito —dice cuando la clienta se va—, ¿no ve que sólo tengo arrepollada?

Nos deja a cargo del puesto al mayor y a mí, y se va a recorrer la Feria con Anastasia y el menor. Florencio saca la gomera que tiene escondida en el bolsillo del pantalón.

—Ya sabés que la abuela te lo tiene prohibido.

Él levanta los hombros y no me lleva el apunte. Le coloca las bolitas de soja que se le cayeron a la flaca del pañuelo, tensa la gomera, y empieza a tirarlas por debajo de la mesa del puesto, a las piernas de los que pasan. ¡Ay! ¡Ay! ¡Ay! Se escucha. Miran para todos lados y se refriegan las canillas. Yo no puedo aguantar la tentación, me doy vuelta para que no vean que me río y se me escapa un poco de pis.

Cuando vuelven, le tenemos una sorpresa; vendimos los pollos, los huevos y la espinaca.

—Muy bien —dice la Luli—, se merecen un helado.

Y nos da monedas a los tres para que vayamos a comprarlos. Traemos unos cucuruchos grandes y con confites por encima. El mayor le pone la traba a Jacintito, que se cae con helado y todo. Se le da vuelta sobre la sandalia de la pecosa del puesto de los quesos.

—¡Nene, tené mas cuidado!

Mi hermanito sale llorando y empieza a gritar porque no encuentra a la Luli. Florencio se hace humo por un largo rato.

—¡¿Cómo no se me ocurrió?! —está diciendo la Luli—. ¿Viste la Bressan los licores que trajo? ¡Y yo que tengo tambo no hice ni de dulce de leche! ¡O de limón! Se caen de la planta cuando esta cargada. Para el año que viene me avivo. Y también voy a hacer pasta frola de membrillo y de batata. No vi que la tuviera ningún puesto. ¡Shhh! Es secreto, ¿eh?

Antes de que se termine la tarde, en una tarima que levantaron al final de la calle, el presidente de la comuna da un discurso y nos invita a participar el próximo año. Todos lo aplauden. Algunos gritan, ¡Viva! ¡Viva!

—¿Viste, Anastasia? Se tendrá que tragar sus palabras el que te dije.

Después del discurso empezamos a intercambiar la mercadería que nos sobró. Vuelve la camioneta del correntino tan cargada como cuando llegamos a la Feria. Conservas de vizcacha, nutria, quesos, sandías y melones, diferentes a los nuestros, y hasta una cincha nueva para el caballo que la Luli le cambió a un artesano y que le lleva de regalo al abuelo.

Dice:

—Lo peor en la vida es ser rencorosa, chicos.

Florencio se ríe porque la abuela camina como un pato, une los talones y separa las puntas. Nunca me había fijado, pero ahora la miro caminar hacia el tanque australiano y me agarra la risa.

La Luli está fabricando un filtro de agua. Se cansó de esperar que el abuelo solucionara el problema de la napa. Coloca sobre la mesa un recipiente de plástico transparente, algodón, arena fina, arena gruesa y piedritas de distintos tamaños, que dice que se llaman grava. Quiero ayudarla, agarro el recipiente y ella le hace un agujero en uno de los lados. Me indica que primero coloque el algodón, luego la arena fina, después la gruesa y las piedritas al final. Si da resultado hacemos uno más grande, explica. Cuando está listo, corta el agua que viene del molino, toma una pinza, saca la rosca del caño y pone el filtro. Lo ajusta bien por ambos lados y le enrosca una goma negra para que no gotee.

—Mañana sabremos qué tal es el agua —y pregunta—. ¿A dónde están tus hermanos?

Se fueron por el camino de la cremería hacia la escuela, a buscar a Vera. Para las fiestas, la maestra y su hija se van a un pueblo que se llama La Penca. En ese pueblo vive el padre de Vera. Este año volvieron antes. La maestra tiene cara larga y grita todo el día. Vera es gordita y petisa, y usa remeras que se le estiran en la parte de arriba. Tiene ojos como dos faroles, dice la abuela, y pelo en tirabuzón, con bucles.

La Luli sonríe:

—Cuando tu hermano está con ella se porta como si fuera un hombrecito.

Me parece que Florencio se está enamorando.

Salgo al parque y los veo venir por la huella cerquita del alambre. El terreno en donde se construyó la escuela lo donó mi bisabuelo: un pedazo de tierra para que todos puedan tener educación aunque vivan en el campo. No quería que los hijos de los peones fueran unos burros, dice la Luli. Y tampoco los nuestros.

Vera trae puesta la malla. El tanque australiano está con agua limpia y la pelota de Reyes flota haciendo pequeñas olas; de tanto en tanto choca contra el borde. Vamos a bañarnos, me dice Vera. Me saco el vestido y mi hermano agarra la tarjeta de Reyes que se me cayó del bolsillo.

—Es la letra de la abuela —y lee—: "Para los tres".

Mi hermanito llora porque el cemento del tanque le lijó la planta de los pies. La Luli se lo lleva para hacerle baños de malva y ponerle sus menjunjes.

El mayor busca un frasco de boca ancha y nos sentamos a esperar que se haga de noche. Comemos torta frita con dulce de leche que la abuela nos trajo.

Los bichitos de luz llegan al atardecer. Cada vez son más. Parecen estrellitas parpadeando a nuestro alrededor. Florencio por un momento deja de respirar para que los bichitos de luz no se espanten, y con suavidad los hace entrar al frasco. Lo cierra. Quiere impresionar a Vera. Se prenden y se apagan desesperados. Le regala el frasco. Ella se sube al borde del tanque australiano y saca la tapa. Un enjambre de lucecitas se agita hacia el cielo.

[En L'Ametlla del Vallès nació el padre de Luisa y por su añoranza, sus hijas llevan nombres que empiezan con L: Lucrecia, Luisa, Leda… y tu abuela hizo lo mismo para seguir con la tradición: Leandra (tu mamá, Lina, que como no le gusta su nombre se hace llamar Leah, con h final), Lavanda y Lucila. A veces tenés ganas de preguntarle a tu abuela si no ha tenido otro novio aparte del abuelo. Pero no te animás. Como tampoco preguntás por Anastasia, aunque después de haber escuchado a tu hermano, sabés un poco más. Cuando Luisa conoció a tu abuelo se encariñó con Anastasia. Nunca se cuestionó de dónde surgía ese amor que sentía por ella, pero la protegió más que a sus propias hijas. La emocionaba la posibilidad remota de que hubiese podido ser de ella y del hermano menor de su padre, su amor prohibido que se volvió a L'Ametlla del Vallès. La acongojaba verla tan pequeñita y sin madre, abandonada a su suerte... A veces tiene deseos de contarte a vos, Lina, su nieta preferida, la historia de amor que no murió en su corazón... pero no lo hará: los secretos familiares deben quedar guardados bajo innumerables llaves invisibles.]

El abuelo vino con la noticia de que las vacas tienen mastitis. Llamará al veterinario. Esperá, dice la Luli, probá con esto. Le pasa un pote con una crema blancuzca que guarda en los estantes de abajo de la despensa, donde el calor no llega. Necesitan inyecciones, insiste. El abuelo es cabeza dura y cuando se le fija una idea, nadie se la saca. La Luli agarra el pote y va ella misma al tambo. Las vacas están en fila india, de costado, con la cabeza gacha, comiendo cada una en su balde de lata. El peón la ve llegar y la ayuda a bajar a la fosa.

Al otro día las tetas de las vacas están desinflamadas. El abuelo se rasca detrás de las orejas porque no quiere dar el brazo a torcer. La Luli va de nuevo y repite la cura; le pasa el pote al peón y le dice, Hacé lo mismo durante una semana.

A la noche habla por teléfono y le cuenta a Anastasia lo que hizo con las holando argentinas, que el abuelo está mansito como la gata Hortensia y le trajo un tordo que cazó el peón; se ríe y agrega, Y me dijo si vos no querés, Luisa, no vamos a las Cataratas.

Mi hermanito llega corriendo, empieza a gritar y se desmaya. La abuela lo levanta y lo reanima debajo del agua. Hay fantasmas, dice, cuando puede volver a hablar.

La Luli agarra a Florencio de la oreja, Vos te venís conmigo. Enfila para la escuela en donde viven la maestra y Vera, y yo los sigo. Le grita por el camino, Te voy a dar una lección, les contaré lo mal que te portas con lo grandote que sos. Te voy a hacer pasar vergüenza, carajo.

Desde ese día se comporta como un señorito inglés. ¿Cómo se portan esos?, pregunta Jacintito. Como aquél, dice la abuela, señalando a Florencio con el cabo de un apio. Ahora está bien quietito, sentado sobre el borde del tanque australiano.

—¡¿Che, vos, pensás en la inmortalidad del cangrejo?! —le grita el tío que pasa en el tractor —. ¡Prepárense para la fiesta! —dice después.

Habrá bautismo. Esperamos ansiosos a los primos y a las tías de la ciudad. La mujer del tío, al final, se encierra con la abuela para que le explique cómo debe alimentar al bebé y qué es lo que tiene que hacer para que crezca sanito. Parece cosa de mandinga, pero el bebé deja de llorar en el acto.

[Le comentás a Luisa que no te pican los mosquitos y ella te dice que es una de las cosas buenas que trajo la sequía. Tampoco hay catangas, cascarudos, grillos. Y como no hay bichos, solo se ve un sapo de vez en cuando. No te gustan los sapos, te da pánico que se te acerquen, con esa piel verdosa y áspera, los ojos saltones y la lengua que eyectan como si fuese un látigo. Los que el otro verano se acercaban al chalet eran sapos grandes, como las dos manos de tu abuelo juntas. Te miraban paralizados con los ojos abiertos, daban un lengüetazo y el bicho que estaba por delante, desaparecía.

Luisa te cuenta que cuando llegó a este campo había unos sapos que se llamaban escuerzos. Explica que si te agarraba uno de esos, no te salvabas, que tenían ojos achinados como el diablo y manchas verdes sobre el lomo marrón, la panza y la boca, amarillentas, y se enfurecían de nada. En tus terrores nocturnos, Lina, habitarán también la yarará que pega un salto para morderte la cara y el escuerzo parecido al diablo.

Tu abuela opina que pronto lloverá porque los alguaciles van y vienen sobre el tanque australiano. Son un enjambre de alitas transparentes que por un momento te hacen olvidar los miedos que te llegan por las noches. Pero no llueve y se incendia el potrero del rastrojo; el fuego corre hacia los troncos que el abuelo apila para el asado y hacia el galpón con los fardos junto al montón de ramas secas que arrimaron después del tornado, y también se prenden fuego. Viene tu tío con su mujer y el bebé, el peón y la perra. Hacen una cadena humana llevando baldes desde el tanque hasta el incendio, pero no dan abasto. Luisa trae frazadas, bolsas, arena. El Pancho cava una zanja del otro lado del fuego, para contenerlo. Llega el vecino del bajo y la maestra con Vera. Vos y tus hermanos ayudan llenando los baldes. Al final lo apagan. Luisa tiene quemaduras en los brazos y ella misma se las cura con una crema parecida a la de la mastitis. Tu abuelo quiere llevarla al pueblo, pero ni lo escucha.

Jacintito aparece a la hora de la cena llorando a moco tendido y confiesa: fue por culpa de él que jugaba con fósforos. Luisa le acaricia la cabeza y le dice que no es nada, que no fue intencional y que antes de hacer alguna cosa hay que quedarse bien quietito y callado, y escuchar lo que dicta el corazón. Y vos, Lina, comenzás a preguntarte, cuál es esa voz que aún no podés escuchar, y pensás que quizá tu corazón nunca hable tan fuerte como para que puedas seguir lo que te indica.]

Las tías vienen con los primos. Traen una pila de bolsos grandes y chicos; se los acarreamos a la sala hasta que la Luli disponga a qué habitación irán. Tía Lucila habla sin parar y se pone un sombrero medio descuajeringado de color naranja.

Lavanda se baja las mangas de la camisa porque no quiere que la alcance el sol; es blanca y pálida e imita a Marylin Monroe: se tiñe el pelo platinado y se pone un rojo furioso sobre los labios. Falta mi mamá, que forma el trío de las mujeres, pero ella siempre está con el ceño fruncido. Las tías cuchichean a espaldas de la Luli: que la mujer del tío está gorda como un elefante; el bebé, ¿será del tío y de esa otra mujer que lo llevaba en su panza?, ¿o esa mujer llegó al campo ya preñada?; por algo ese bebé parece hijo de Satanás; el peón, además de que no sirve, hace cosas indecentes; estos viejos ya no están para cuidar la plata ni el campo. Hasta hablan de mamá, su propia hermana. La Luli parece cansada y me doy cuenta de que no ve la hora de que se haga la nochecita para meterse en la cama. Lucila y Lavanda amontonan catres en una habitación y duermen hasta media mañana; cuando se levantan se pintan las uñas y se riegan entre ellas con la manguera. Todos los días la abuela carnea algún bicho; la despensa se está vaciando y la quinta tiene más socavones negros que hileras verdes. Hasta la parva de troncos del abuelo, que ya quedó raleada por el incendio, se consumió.

Hoy Lucila se levantó con ánimos y está cortando el césped. Un zumbido fuerte, como de moscardón gigante, inunda el parque. Tiene encasquetado el sombrero naranja. Lavanda no se mueve de la galería para que no le dé el sol, se bate con el peine finito las ondas platinadas, y se coloca anteojos oscuros que le cubren media cara. Con este calor y sin ventilador, se queja. Cuando Lucila se acerca rezonga porque los abuelos se volvieron tacaños: ni siquiera prenden el grupo electrógeno.

Si las tías están haciendo algo, seguro llueve. Miro el cielo. Gruesos nubarrones vienen del oeste; en menos de una hora comienza la tormenta. Hacen alharaca: no saben si entrar las reposeras o dejarlas en la galería, llaman a los gritos. ¡Luisa, mamá, ¿dónde te metiste?! Juguemos a las cartas. Si, por plata. A ver... los chicos no molesten, ¡mamá! ¡Luisa!, ¿y las tortas fritas?

La Luli mira hacia el tambo porque el abuelo no llega. Hoy es lunes y la casa quedó vacía. Mis primos se fueron y mis hermanos hicieron el mandado hasta la cremería y se quedaron a jugar con Vera. La abuela se saca el delantal arrugado y me pide, No descuides lo que está en el horno.

Me pongo inquieta, se fue hace largo rato y no vuelve. A lo lejos, detrás de los paraísos, veo al tío. Y a su mujer y al bebé. Levantan los brazos, van y vienen, se dirigen al tambo en el Renault 11.

Un olor a quemado llega desde la cocina. Corro a apagar el horno, pero ya es tarde. Me decido y me voy hacia allá. Paso delante de la casa del tío y me torean los perros, les muestro las piedras que llevo en la mano y agachan la cabeza.

En el fondo de la fosa, el abuelo grita. Tratan de levantarlo entre el peón y el tío, pero es un peso muerto, dice la Luli, mientras se seca la transpiración con la manga de la polera.

No me animo a mirar, pero igual veo algo blancuzco que sale de la parte de abajo de su pantalón. ¿Será un hueso? El pie se le fue para atrás y tiene un pegote morado en la botamanga.

La mujer del tío pone el Renault 11 de culata. Te quedas con ella, me dice la Luli. Yo no hablo, no puedo hablar, y miro de reojo para no impresionarme. Suben al abuelo en el asiento de atrás con la pierna estirada y una almohada en la espalda. En el asiento del acompañante va la Luli, que se da media vuelta, mira al abuelo y le agarra la mano.

Hubiese querido correr, abrirles la tranquera, pero solo puedo quedarme parada, con la cabeza tomada por el pie del abuelo que se fue para atrás. Escucho el motor que desacelera, veo al tío que baja y abre la tranquera antes de enfilar hacia el pueblo.

A la noche regresan; mis hermanos se van a la habitación a charlar con el abuelo y la Luli llama por teléfono a mamá, Tu padre inauguró la fosa, no estaba acostumbrado al agujero y lo desconoció. Tiene mal tres costillas y el tobillo quebrado. Y le dice también que venga a buscarnos porque ella se tiene que ocupar del abuelo y no puede con todo.

[Las luces del pueblo se prenden a la tardecita, te gusta mirarlas desde arriba del molino, Lina, cuando se va haciendo de noche. Ves las lucecitas débiles, a la distancia, que oscilan como uñas brillosas en medio del atardecer. Eso pensás, y pensás también que parecen un árbol de Navidad en reposo, tan horizontales y extendidos esos mínimos destellos en medio de la llanura. A nadie le importa por dónde andás a estas horas: Luisa corre de aquí para allá porque Pancho debe hacer reposo y quiere un cosa y al rato pide otra; tus hermanos, en la casa del tío; así que trepas a lo alto del molino, donde tenés prohibido subir. Te sorprende encontrar en ese lugar una botella de vino vacía. La empujás y ves cómo va cayendo desde la altura, girando como un trompo en el vacío hasta que se destroza contra el suelo. Estás triste y este es un buen lugar para dejar la tristeza. El silencio del campo te rodea. Viviste nueve años en la casagrande y ahora anhelás con todo tu corazón una habitación para vos sola en tu nueva casa. Pero aun así, sabiendo que podés conseguirla, no querés volver, ni empezar la escuela, ni ver a Elbia. No lo sabés de esta manera sino como una vaga molestia que se te enquista en el pecho y que no atinás a definir. Tampoco sabés aún que los adultos sólo se ven a ellos mismos, que no miran otra cosa que no sea su deseo, que ni siquiera pueden ver a sus niños. Y en este preciso momento, sólo querés quedarte aquí, en el campo, con Roberta y los abuelos... pero esto sí sabés: no tenés ninguna chance de que suceda y te largás a llorar.]

Mamá llega por la mañana. El abuelo no tiene ánimos para levantarse. Una venda elástica le toma el pecho y la espalda. Comemos en la galería unos tomates partidos al medio y huevo duro. El mayor ve que se me caen las lágrimas y me dice tarúpida. La Luli, como siempre, da vueltas alrededor de la mesa, sirviendo la comida.

—Por favor, querés sentarte de una buena vez —le recrimina mamá. Se sienta en la punta de la silla y repite lo que el correntino le contó al abuelo: que en su provincia los ñanduces andan libres por el sembrado y se comen los bichos, y que a él se le ocurrió que podría pedirle algunos para ahorrarse el veneno para las plagas.

—Tenés que ponerle freno —dice mamá—, ese hombre se está volviendo loco.

—Ya se los encargó —le contesta la Luli—, media docena de charabones, ñanducitos pequeños, y un largavista. Son bichos caminadores —agrega—, hay que tener cuidado de que no se escapen.

—¿Y el largavista para qué sería? —pregunta en un hilo de voz.

—Para controlar desde arriba del molino.

Mamá frunce los labios y los ojos se le agrandan. La vena de la frente se le empieza a hinchar. Se levanta.

—Nos vamos. No puedo escuchar tantas pavadas juntas.

Me siento atrás con Jacintito. Él no dice nada, mira por la ventanilla y apoya la boca sobre el vidrio; queda su aliento marcado y hace dibujitos que parecen atrapados en una nube transparente.

El aire está espeso. Abro la ventanilla. Es peor.

—Cerrala —dice mamá—; y no la bajes por ningún motivo. El año pasado a un señor de Egusquiza, por sacar el brazo, un camión se lo arrancó de cuajo.

Me cuesta imaginarme un hombro sin brazo. ¿Cómo se desprende un brazo? ¿Corrió el hombre a buscarlo? ¿Se lo pegaron? ¿Lo pisó el camión? Justo cuando quiero preguntar todo eso el mayor enciende la radio.

Hay semillas a lo largo del camino; se les caen a los camiones que pasan cargados. Los pájaros revolotean comiendo sin parar. Uno levanta vuelo y choca contra el parabrisas. Mamá quiere esquivarlo pero es inútil.

—¡Se puede romper el vidrio!

Le explica a Florencio que apoye el dedo gordo bien fuerte sobre el parabrisa. Choca otro y deja un reguero de sangre y plumas.

—Es por comer tanto, ¡quien los manda!

Me tapo la cara. Abrazo fuerte a Roberta y aprieto los ojos para que se haga todo negro y poder contar las estrellitas.

—Son torcazas —dice Florencio.

Lleva la cuenta con los dedos de cuántas vamos chocando. Siguen golpeando contra el parabrisas como pelotas de trapo. Lo del dedo da resultado, pero mi hermano se queja de que le duele.

—Nunca me pasó esto —dice mamá—. Están retontas.

Una paloma pequeña queda enganchada a la antena de la radio, que se tuerce hacia el costado. Se le ven las tripas. Algo me sube desde abajo. Algo que no puedo detener. El más chico me señala con el dedo:

-¡Mamá! ¡Mamá!, mirá esta lo que hace.

Elbia

Vinimos a la casagrande porque mamá necesita pedirle algo a la abuela. Elbia se acomoda la bata que le cubre el camisón de raso. Mamá quiere hablar pero la abuela no la deja: anda con la idea fija de llevarme unos días a Mar Chiquita.

—¡Pero si acaba de llegar del campo! —rezonga mamá.

Yo no quiero ir a ningún lado, pero sé que no tengo ni voz ni voto. Me agarro fuerte de Roberta y le cuento al oído lo que está pasando, a ver si se nos ocurre alguna cosa para poder zafar.

—¿No ves cómo está de flaca esta chica? —y se cierra un poco más la bata que el abuelo le regaló para su santo junto a un anillo de esmeralda.

Florencio dice que ella se inventó lo del santo para no festejar el cumpleaños, así nadie se entera de la edad que tiene. ¿Dónde viste una santa que se llame Elbia?

Le miro las chinelas con pompón; mueve el dedo gordo debajo del paño blanco y las pelusitas se mueven hacia adelante. Me gustan mucho sus chinelas...

—¡Flaca y arruinada la trajeron del campo!

Mamá no responde; la vena que le cruza la frente se le hincha más que cuando se enoja con la Luli.

Estamos estrenando casa a la vuelta de donde viven Elbia, Liborio, Trinidad y el ejército de las Marías —como las llama mamá, porque son un montón de empleadas, y la abuela les dice a todas por el mismo nombre para no errarle—. En la casagrande vivimos hasta fin de año, pero papá había comprado el terreno que sale por la otra calle e hicimos la casa nueva. A Elbia ya no se la podía aguantar con sus reproches,

Están de prestado aquí, ¿eh?, no se lo olviden, y mamá se desfiguraba de la bronca. Muchas cosas no podíamos hacer: era como estar en una jaula, los barrotes eran la abuela y su ejército de Marías, que iban corriendo con el chisme de lo que hacíamos o dejábamos de hacer. Sobre todo la María mala, que es la que me odia.

Ahora venimos por un favor y a mamá le cuesta pedirlo. Qué felicidad, canturreaba a cada rato, que felicidad no ver más la cara de esa vieja... ¡Hasta que se terminó la felicidad!

La abuela se coloca los anteojos que lleva colgados de una tira de cuentas alrededor del cuello, me mira fijo y me hace dar una vuelta completa.

—*Quaicòs a spussa* —murmura entre dientes—. No me gusta nada —agrega—. Esta se viene conmigo a Mar de Ansenuza. Ya vas a ver..., será otra chica cuando volvamos.

—No quiero que les arruine el paseo —se apura mamá—. Además, acuérdese de que planificamos ir a las Cataratas.

—Para eso falta mucho. Y llevaré a María; en el hotel, la servidumbre y los niños, aparte.

—Es que ustedes van con los Schiapacase —vuelve a insistir—. Y no quiero que la nena los moleste.

—Los Schiapacasse son como de la familia.

No tiene escapatoria: la vena se le pone colorada. Con el dedo del medio se enrolla y desenrolla el pelo en un tirabuzón. Aún intenta con otro argumento. Roberta y yo rezamos para que gane la pulseada.

—Pronto empezarán las clases.

—¿Son más importantes las clases que la salud de tu hija?

Elbia da por terminada la charla y empieza a subir la escalera. La escalera tiene un descanso en forma de balcón. Cuando vivíamos en esta casa y ella se iba de compras a lo de la Oliveras, nos largábamos con mis hermanos por la baranda de bronce. Tomábamos impulso y volábamos hacia el living. Contábamos los segundos en el reloj cucú para ver quién llegaba primero. El que perdía tenía una prenda. Siempre la misma: besar a la María cocinera que tiene bigotes.

—El Mar de Ansenuza —dice Elbia— cura todos los males.

Y agrega que ese es el verdadero nombre del lugar, el más elegante. Pero a mí me gusta llamarlo Mar Chiquita: imaginarme un mar pero no tan mar, una laguna inmensa como la que está cerca del campo de Elba y Liborio, (La Verde, se llama), y a la que nunca nos llevan. Elbia se curó un mal de la piel con el barro de Ansenuza y el abuelo, la culebrilla. En las fotos que nos muestran cada vez que vuelven, se los ve embarrados por todo el cuerpo y la cara con una pasta mugrosa, que seguro es olorienta, y que ella dice que llega hasta los huesos para que pueda curar. Siempre me río cuando muestra las fotos: parece una foca negra con gorro de aviador. Solo le brillan los ojos y los dientes. Cuando se sacan el barro se friegan con una mezcla verde de algas medicinales. Si me obligan a ir con ellos no voy a dejar que me hagan eso, me voy a esconder donde sea. Pero a papá no le curaron el asma, le dije cuando me mostró las fotos. Fue culpa de él, atacó Elbia, no quiso hacer el tratamiento al pie de la letra.

A esta abuela no se le puede decir abuela. Si se me escapa esa palabra me hace abrir la boca y me lava la lengua con jabón como cuando digo malas palabras. Aunque se me caigan las lágrimas, igual lo hace. Tiene un cepillo especial para eso.

Ahora está subiendo la escalera hacia el descanso. La bata hace fru fru fru fru; se toma del pasamano y la piedra verde del anular brilla con la luz que entra por el *vitreaux*. A nosotros no nos deja tocar la baranda, dice que se la pegoteamos con los dedos sucios y que a la María que limpia le lleva muchas horas de trabajo sacarle otra vez el brillo.

—Elbia...—susurra mamá en un hilo de voz.

La abuela se da vuelta. El jopo blanco se le corre de lugar. Las chinelas con pompones se quedan mirándome.

—Hay un caño roto debajo del piso de la habitación de la nena. Tuvieron que romper. ¡Con el parqué recién colocado! —se angustia mamá.

La abuela nos mira.

—¿Lina se puede quedar a dormir? Tengo la casa patas para arriba.

Se me anuda la garganta. Quiero gritar que no, que por favor no, pero me quedo callada y aprieto fuerte a Roberta.

Elbia larga un soplido finito como la estela de viento que pasa entre las tipas del campo de la Luli.

—La nena se entretiene fácil. Trajo sus cuadernos, sus lápices. Y su muñeca.

—Si se pone meterete te la mando de vuelta. *Mai vist còsa parèj! andoma andoma!* ¡Qué suba, le estoy diciendo!

En un santiamén llego a su lado, pero me agarran las ganas y sigo de largo hasta el baño de arriba.

No me animo a contarle qué me pasa.

Estoy parada en la puerta de la habitación de Elbia, la habitación que se llama *de los vestidos*. Una pila de ropa —camisas, polleras, sombreros, sacos—, hace equilibrio sobre el sillón. Creo que la pila se va a desmoronar.

Miro de reojo hacia el fondo del pasillo. Allí está la puerta cerrada: nadie puede entrar y menos preguntar por Trinidad, mi madrina.

—Elbia...

Además de vestidos, blusas y polleras, hay zapatos, carteras, sombreros, cajas abiertas sobre el suelo. En la cómoda, peinetas, collares, cremas, perfumes, polvos, pinturas...ufff ¡cuánto desorden! Y después me pide a mí que no deje nada fuera de lugar. ¡Quién entiende a los mayores!

—Elbia...

No me escucha. Me agarro fuerte de Roberta.

—Elbia...

—Entrá. Qué hacés parada ahí.

—Abuela...

—¡Sacá la lengua!

—Elbia, Elbia —murmuro.

Hace sonar la campanita llamando a la María principal. El ruido es como un relámpago adentro de mi oreja.

¿Cómo voy a decírselo?

—Entrá, te dije. Doblá toda esa ropa —señala el sillón— y ponela aquí.

Aquí, es el sillón cama que está contra la pared. Frente a él hay un espejo ovalado, inmenso, con un marco que parece de oro lleno de volteretas y ninfas (eso se llama barroco, me explicó el abuelo).

Elbia se mira una y otra vez en el espejo (por suerte ya se olvidó de refregarme la lengua). Se coloca una de las soleras estampadas sobre la bata. Inclina la cabeza hacia un lado y hacia el otro para verse mejor. Con la mano libre toma un sombrero, el que tiene un ramo de flores lilas con una cinta celeste, y se lo pone en la cabeza. Me da risa pero no hago ni una mueca.

Ya no aguanto más.

Hace sonar otra vez la campanita. La María principal aparece con la lengua afuera.

—Busque las valijas en el placard del pasillo y me las trae —le ordena—.Y la funda verde para guardar los trajes.

Me dice que entre de una buena vez ¿Es que no escuché? ¿Tengo un tapón de cera en las orejas? Se queda mirándome. Luego olfatea y las aletas de la nariz se le abren como dos agujeros sin fondo. ¿Y ese olor?

Bajo la cabeza; ya no me quedan ganas de reírme, se me caen las lágrimas. Me levanta el vestido. Lo que chorrea me ensucia las zapatillas.

María llega cargada con los bultos.

—Deje eso y llévela al baño. *Fin—a cole grame costume a pòrta dal camp! Che Strì!* Las costumbres que trae de ese tambo. Un verdadero asco.

No digo ni una palabra y me voy derechito al baño. No entiendo por qué la abuela lo que dice en piamontés lo repite siempre en castellano.

De a ratos voy a la casa nueva para ayudar a mamá, que se siente sobrepasada, como dice una y otra vez. Escucho que los albañiles la llaman y ella corre para ver qué necesitan. Después, un golpe como de una olla que cae sobre el granito. Mamá empieza a los gritos.

—¡Mi pie! —lloriquea.

Se tropezó con los escombros y está en el suelo. Se agarra el tobillo que comienza a hincharse como un zapallo morado. Lo mira y exclama:

—¡Y tengo que empezar las clases!

Levanta la cabeza:

—¿Y si me quebré? —pregunta.

No sé qué decirle. Estoy asustada, y siempre que me asusto me quedo parada sin poder moverme.

Llama a mis hermanos a los gritos.

—Están en lo de Ricardito Romañoli —balbuceo.

—¡Movete! ¡Qué alguien me ayude!

Ahora sí salgo corriendo a buscar a Elbia o a alguna de las Marías. Para llegar a la casagrande sólo tengo que dar vuelta la esquina, pasar por delante de la casa de Pame, dar vuelta la otra esquina, la del almacén de Zenobe y hacer media cuadra más. Si pudiera pasar por el fondo de mi casa estaría justo en el jardín de la abuela. Pero no puedo porque hay tapial.

Pame está saltando la soga en la vereda. Deja de saltar y me dice:

—¿Nos medimos?

Quedamos espalda contra espalda. Pongo una mano sobre mi cabeza. Le paso cuatro dedos acostados aunque ella ya entró a primer año.

—¡Crecí! —grito feliz.

—Y yo tengo zapatos de charol.

—El Niño Dios me trajo a Roberta.

—Yo tengo muñeca desde hace mucho.

Se mete en su casa sin saludarme. Se le mueve la cola de caballo que le llega hasta la cintura. Mis trenzas también son rubias, largas y gruesas como dos serpientes, dice el abuelo Pancho.

Le saco la lengua. Voy a ir a jugar con Elenita, que es más linda, más buena y tiene muchos juguetes que la mamá nos deja desordenar. Cruzo la calle y en la otra esquina toco el timbre. Sale la empleada y dice, Elenita no está. De golpe me acuerdo de que mamá se cayó y corro a buscar ayuda. Elbia se agarra la cabeza y me dice que no bien termine de arreglarse irá ella misma a ver qué pasó. No sale jamás a la calle sin ponerse sus galas y acomodarse el peinado.

Vuelvo con las novedades.

Los albañiles ayudaron a mamá a llegar hasta la sala y pudo hablar por teléfono. Le digo que pronto vendrá Elbia y la abanico mientras espera un taxi.

—Tratá de comunicarte con tu padre.

Papá se fue al campo del norte y recién vuelve el otro fin de semana. Mamá me pide que vaya a hablar por radio para ver si aparece; y me explica cómo hacerlo:

—Corré la frecuencia hasta escucharlo, esperá a que se vaya la interferencia, decí cambio y fuera, y luego contále la novedad. Sin asustarlo —agrega.

Papá no aparece en la radio. Hay una voz que tapa las otras voces pidiendo una jaula para las vacas.

—Justo me tenía que pasar esto —se queja, recostada en el sillón.

Suena el timbre. Va dando saltitos hasta la puerta.

—La cartera —me pide.

Espío por la ventana.

—No es el taxi —le digo—, es la abuela.

—Lo que me faltaba —murmura.

Papá aún no sabe que a mamá le pusieron una venda elástica en el tobillo, le prohibieron caminar y le dieron reposo por quince días.

—Nada de hacer cosas —dijo el médico.

Cuando vuelve del sanatorio le cuento que no pude encontrarlo en la radio. Le acomodo la silla para que se siente. Apoya los codos sobre la mesa y se agarra la cabeza. El pelo oscuro le cuelga y le tapa la cara. Parece que le vino el hipo. Hace unos ruiditos cortos como chiflete y la espalda se le curva. Cuando mamá se pone así me dan ganas de abrazarla..., pero no lo hago. Nunca sé si ella quiere mi abrazo o si le da fastidio. Con la Luli es diferente, con ella sí me animo... hasta charlamos sobre cosas de mujeres.

Suena el teléfono. Sin cambiar de posición me pide:

—Atendé.

Es la Luli. Le cuento de un tirón lo que pasó. Mamá viene dando saltitos y agarra el tubo.

—Ya sé que es solo una torcedura, ¡pero empiezan las clases!

La Luli dice algo y mamá salta como leche hervida.

—¡Claro! ¡Pedí licencia, pedí licencia! ¡Para vos todo es fácil!

Sigue con el hipo pero ahora es más fuerte y se suena los mocos con el pañuelo que sacó del bolsillo.

—Siempre nos salva mi sueldito.

Y agrega con voz de flauta:

—No hace falta que vengas, ni que me cures con tus maíces, ya me voy a arreglar.

¿Por qué mamá está siempre de mal humor? La Luli dice que sacó el carácter del abuelo. Pero a mí me parece que es peor que el de él. Quizá ese carácter vino agarrando fuerza desde muy atrás, desde el bisabuelo, que parece que también tenía su bravura.

—¡Te digo que me voy a arreglar aunque no tenga empleada!

Paso el dedo por el borde de la ventana. Una capa de tierra con telarañas queda sobre mi uña. El vidrio tiene manchitas blancas porque los pintores salpicaron cuando dieron la primera mano. Veo a Elenita a través de la ventana y corro a buscarla. Antes de llegar a la puerta escucho a mamá que grita en el teléfono:

—¡Encima aquel otro! ¡En vez de traer plata!

Vuelvo a la casagrande y me escondo detrás de la puerta. Escucho que Elbia habla por teléfono con el abuelo:

—¡Ay, Liborio! ¡No sabés lo que pasó!

(Se hace un largo silencio.)

—Tu nuera, quién va a ser. *Për ampressà. ¡Istess a sò pare!*

(Ella no sabe que yo entiendo el piamontés y dice que mamá es igual de atropellada que su padre.)

—Me trajo a la nena. *A me smija ch'a l'é vnù dël camp con cheicòs ëd dròlo.*

(Me pica la nariz: me la froto para que no se suba el estornudo.)

—Del campo, te digo. Que vino con algo raro.

(Le tapo la nariz a Roberta.)

—*A—j fà sèmpe mal a la pansa.*

(Encima una mosca dando vueltas sobre mi cabeza.)

—¿No escuchas? ¡Mal de panza, raquítica está!

(El abuelo dice algo del otro lado de la línea y yo trato de espantar la mosca.)

—¡Todo sobre mis espaldas! Es fácil hablar desde Buenos Aires. Te quisiera ver en mi lugar.

(La mosca nos distrajo... y ¡no estornudamos!)

—Con tu hijo nunca se sabe. *A l'é nen tant bel fé ambrojé na mama.* No me va a hacer pasar gato por liebre. Dice que se queda en el campo a trabajar, pero para mí sigue jodiendo con las estrellas. Tenemos que ir a controlar.

(Ahora se la agarra con papá.)

—No te enredo, Liborio. Te cuento lo que está pasando. Aunque me traigas el mejor anillo de Ricchiardi, ¿quién me saca el agotamiento? Creí que la mudanza era la solución, respiré aliviada cuando se fueron de casa... ¡y mirá! La nena otra vez aquí.

(¡De nuevo el problema soy yo!)

—*La cita a l'é rachìtica.* La vamos a llevar a Ansenuza. Sí, a la nena. A los Schiapacasse no les va a importar. Es un caso de fuerza mayor.

(Y empezó otra vez con Mar Chiquita.)

—¿Para qué vas a comprar otros palos de golf? *Ma ti... veusto resté a vivi ant ël Jockey Club?* ¿Podés quedarte un poco en tu casa, vos, o pensar irte a vivir al Club?

(¡Esta mosca dando vueltas!; la espanto con el cuerpo de Roberta para que se vaya de una buena vez.)

—¿Me lo prometés?

(La abuela me hace acordar a las actrices del Para Ti.)

—¡¿Me lo prometés?! *¡Disme nen nervosa!*

Por la hendija, la veo llevarse una mano a la frente, lloriquear, después corta la comunicación y se persigna, se frota fuerte las manos y empieza a sonreír. Creo que se le hace agua la boca pensando en la joya que el abuelo le traerá de Buenos Aires. Mamá dice que es una vieja ambiciosa e interesada y que no le da el tupé para ser de clase alta. Yo creo que algo le da por todo lo que se compra. Sigue hablando sola en piamontés, pasa por delante del cucú, le acomoda las cadenas que caen hacia abajo y terminan en dos piñas. El hombrecito con bonete sale cada hora. Cucú cucú, y entra de nuevo a la casita. El techo es de madera a dos aguas y las paredes están pintadas de verde con manchitas rojas. La mujer del hombrecito asoma detrás de un árbol y saluda con la mano. Cada vez que pasa, la abuela acomoda las cadenas y yo voy por detrás y se las descalabro.

La puerta del living tiene una traba a ras del suelo que se engancha a otra clavada al piso. Cuando se juntan, la puerta no se golpea aunque haya corrientes de aire: yo me escondo allí porque queda espacio. Hago mi casita en estos escondites: tengo otra casita detrás del hueco de la puerta de la sala que da al recibidor. Allí hojeo los Para Ti que la abuela me prohíbe tocar y que saco de la pila que tiene al lado del ropero. Una vez la María mala me vio salir de atrás de una puerta y me agarró de la oreja. Esa María siempre me acusa de lo que sea ante Elbia, y me espía, todo el tiempo me espía. Cuchichea con ella: hablan mal de mamá y me agarra una bronca que las escupiría, pero no puedo salir a defenderla porque se darían cuenta de que las escucho.

En el piso de arriba nunca me escondo porque al final del pasillo está la puerta que no se abre y que tiene presa a la tía Trinidad; a veces oigo aullidos y me da miedo. Quizá la tía tenga gatos para no sentirse tan sola. La abuela dice que es mi imaginación. Pero los escucho bien escuchados: me traspasan de un lado a otro los aullidos como si yo fuera de aire y me dejan congelada. No puede ser que una persona grite así. No puede ser.

Elbia no me deja traer amigas a la casagrande, así que me tengo que arreglar con mis lápices y con Roberta. Antes de mudarnos vivíamos en la planta baja, en las habitaciones que dan al patio, y mis hermanos se escapaban por la ventana.

En el jardín hay de todo: árboles grandes, flores en los canteros, un banco de piedra debajo de la acacia, la pérgola, está la piecita del fondo, el lavadero, la escalera que sube a la terraza y, lo más importante, el aljibe. Intentamos sacarle la tapa, lo rodeamos para ver si tiene una fisura, una grieta por la cual hacer palanca, nos trepamos cuando nadie nos ve y miramos por los agujeritos de la tapa, pero nunca podemos ver el fondo. Elbia lo cierra con cadenas y candado. No vaya a ser que terminemos ahogados y tenga que pagarnos por buenos, nos repite. A veces nos portamos un poco mal, es cierto, pero es que los grandes no nos entienden y me parece que tampoco nos quieren. Si fuera por mí, me quedaría a vivir en el campo con la Luli; iría todos los días por el caminito en donde está la culebra, a la escuela con Vera. Pero mamá me dice que de eso ni se habla.

Florencio cree que en el aljibe se esconden ranas transparentes y ranas de oro, y que es por eso que Elbia mezquina que lo abramos. Yo no le creo nada, pero quizá haya fantasmas o algún monstruo que viene del otro lado de la tierra. Cuando las Marías nos descubrían rondando por allí, Florencio se encargaba de gritarles. A la cocinera: ¡Bigotuda!, pero esa está un poco sorda y no le llevaba el apunte. A la principal, ¡María de la panza fría!; a la que limpia, ¡Cornudita, cornudita!, que no sé lo que quiere decir, pero no pregunto para que no se me burle. Y a la mala remala, palabrotas de las peores. Ella lo corría con la escoba, pero casi nunca lo alcanzaba. La María que limpia, la cornudita, siempre me llamaba por las tardecitas para contarme los capítulos de El Hombre que volvió de la muerte. Mamá me lo tenía prohibido, pero calladitas nos íbamos a su pieza, apagaba la luz y me contaba igual. Mi corazón parecía una locomotora a punto de descarrilar, pero le decía, ¡Seguí! ¡Seguí!. Y ella seguía:

—El Hombre se saca la máscara delante del tipo que le tiró el ácido. ¡Ese no se salva, ya está en las manos del Hombre! No podrá escapar ¡Qué complot que armaron, nenita, el pobre Hombre quedó todo deformado después de que el tipo le tiró el líquido!

Y me contaba detalle por detalle cómo tenía de espantosa la cara; ella no se la había visto, pero se la podía imaginar:

—La mejor parte es cuando aparece entre el humo y le reluce la máscara de oro. Porque es de oro, ¿sabés? Y esa voz, ¡ah! esa voz, me estoy enamorando de Ibáñez Menta. Tiene un plan para asesinar a los traidores que lo engañaron, empezará a matarlos uno por uno. ¡Seguro los degüella!

Y se pasaba la mano por la garganta para mostrarme como lo haría. Yo tenía tanto miedo que empezaba a traspirar, me agarraba de su delantal y a la noche, por más que cerrara bien fuerte los ojos para ver las estrellitas, sólo se aparecía el diablo que me perseguía por todos lados.

Al final me salía preguntarle:

—¿Adónde mirás la novela?

—Y en la tele, dónde va a ser.

—Pero la única tele que hay está en la habitación de la abuela.

Cambia de conversación rápidamente y me dice que debe seguir con la limpieza.

[Hoy es un día de fiesta para Elbia. Vino en persona la dueña de Tiendas Oliveras y le trajo una docena de vestidos dentro de bolsas transparentes. La adula diciéndole que no hay otra mujer más elegante que ella en la ciudad. Le habla también del jopo y de cómo agrega nobleza a su figura. Y vos, Lina, que estás escondida con Roberta detrás de la puerta, escuchás y quisieras largarte a reír, pero no lo hacés porque si eso pasa te van a descubrir. Pensás que el jopo de tu abuela se parece a los copos del palo borracho que vuelan en el campo hacia el rastrojo. Rastrojo es la palabra que aprendiste en el verano: Luisa te la repetía, que vayas a correr a las gallinas de ese lugar, que no te quedaras jugando en el rastrojo. Y no sólo a vos te parece gracioso ese jopo blanco sobre el pelo marrón. Casi todo el mundo lo ve ridículo pero nadie le dice la verdad, quieren congraciarse con Elbia. Antes de salir a la calle, después de ponerse uno de los trajes que le compró a la Oliveras, con el peine fino y de colita se bate y se enreda el jopo de adelante hacia atrás, para que se le pose sobre la frente como un gran rulo. Y los martes va a la peluquería de Gloria, y el viernes vuelve a ir para que le retoquen el peinado. Lo que no te ha dicho Elbia, Lina, ni te lo va a decir, es que quiere llevarte con engaños a la peluquería para que te corten el pelo y te quede a la moda, a la *garçon*, como ella dispuso que te tiene que quedar.]

Elbia me llama. Le pregunto a los gritos qué es lo que quiere.
—Que vengas, te digo.
Subo la escalera y me muestra la parva de ropa.
—¡Una señorita nunca grita! —me dice primero, y agrega—: Te voy a mostrar como se dobla la ropa para que no seas tan desprolija. Después podés ir diciéndole a tu madre que acá te enseño cómo se hacen las cosas.
Toma una camisa y la pone con los botones hacia abajo, sobre el sofá cama, dobla una manga por el lado de atrás, luego la otra. Coloca todo derechito y hace un doblez al medio.
—¡Hacelo!

Practico, pero nada la conforma. O que dejo el cuello chueco o que no hago los pliegues iguales o que una punta está mal puesta. La abuela siempre consigue que me ponga triste y que la garganta se me cierre. No quiero llorar, hago fuerza para que no se me escapen las lágrimas.

—Mejor acomodá el calzado.

Le voy pasando las cajas. Se sube a la escalerita y las apila en la parte alta del ropero. Debajo ya no hay más lugar. Y me señala el otro mueble cuando se baja.

—Encargué ese ropero especialmente. Es de caoba.

Se va detrás del biombo que está al costado del espejo ovalado y con ninfas, y se saca el vestido que tiene flores. Se queda en enaguas: la enagua tiene una puntilla color manteca entre las dos tiritas. Ahora se prueba una solera con mangas japonesas y rayas.

—¿Cuál me queda mejor?

Para no errarle le digo que las dos. Las mira y las vuelve a mirar. Se va de nuevo detrás del biombo, el jopo se le corre hacia el costado.

—¡Me quedo con ambas!

Aunque el ventilador de pie está puesto a todo lo que da, hace un calor de infierno. Igual me pide que le ayude con los tapados de piel. Dice que tiene que airearlos. Enfoca el ventilador para su lado y se prueba las pieles que dejó sobre el sofá cama.

—Este es de astrakán —le brillan los ojos mientras lo acaricia—. Regalo de tu abuelo.

Me pasa los zorros, pero no los quiero agarrar.

—¡No muerden! ¡Son estolas! —y se los enrosca al cuello.

Los zorros tienen ojos de vidrio amarillo como los de la culebra que me corre en el campo de la Luli.

—Tu abuelo no quería hacerme esta habitación —me cuenta mientras se sube de nuevo a la escalerita y coloca la caja con los zorros arriba del calzado—. Pero yo insistí —me mira fijo desde el último escalón—. Y hasta me enfermé.

Se queda un rato sin decir nada, después agrega:

—Así se hacen las cosas —y continúa—. Trasladé lo que había en esta habitación, que era la que antes ocupaba tu padre, hacia el cuartito del fondo, y abrí una puerta hacia mi pieza. Me quedaron unidas y cómodas. A tu abuelo no le importa porque duerme en otra habitación.

Mamá no es ni un poquito como la abuela, aunque la rete a la Luli porque anda siempre con el batón y la polera por debajo, a ella tampoco le importa la ropa: dos trajecitos sastre, con una camisa blanca y otra negra, para alternar cuando da clase, y algunos vestidos. Mi mamá es linda pero no es elegante. A mí me gustaría ser elegante, no para gastar tanto como Elbia, pero sí quisiera tener un ropero lleno con todo lo que me gusta, mamá sólo me encarga de las señoritas Inardi un solo conjunto para el invierno y otro para el verano. Siempre el mismo modelo y el mismo color, rosa o celeste. Dice que ya tendré tiempo de elegir mi ropa cuando sea grande y que eso no es lo importante. Pero no tiene gracia ponerme el mismo vestido todas las veces, entonces ella me dice que no quiere que salga presumida y gastadora como Elbia.

De pronto, el aullido desde la habitación del fondo. Elbia

se sostiene por un momento del techo del ropero. Pregunto si es la tía Trinidad o son los gatos..., pero no me contesta, baja rápido y me empuja con suavidad hacia la escalera.

—Es hora de tu cóctel —murmura mientras bajamos.

Me agarro del pasamano y no me dice lo del lustre ni lo de las manos pegoteadas. Abre y cierra los ojos como lo hace la tía Herminia. Debe ser porque se le pusieron húmedos.

El aullido ya no se escucha, pero yo tiemblo. La miro: se acomoda el jopo, le sonríe al espejo y luego empareja las cadenas del cucú.

Le habla a la María cocinera casi al oído y hace un gesto con la mano hacia la planta alta. La María sale veloz, pero antes se detiene a cargar en una bandeja, agua, limones y unas píldoras que le pasa la abuela.

Elbia se pone a buscar azúcar, huevos y el Marsala, porque la María mala no aparece por ningún lado. Separa las claras de las yemas y coloca todo en la coctelera; agrega un chorrito de vainilla. Tapa bien la coctelera y empieza a batirlo.

Me gusta el cóctel, es amarillo naranja y por encima se le forma un borde grueso de espuma suave, casi blanca, que se me queda pegada a la cara y me hace bigotes debajo de la nariz. De pronto la coctelera se detiene en el aire y la abuela dice:

—¡No doy más! ¡Maríía!

La María mala llega corriendo y sigue agitando la coctelera.

—Cuando esté listo se lo da a la nena. Que ella no bata porque va a hacer un enchastre. Después me alcanza rodajas de papas, me muero del dolor de cabeza. *Sèmpe l'istess! Che vita danà! Am toca tut a mi!* Siempre a mí. *Ah! che mal a la testa! A më sciapa!* ¡Se me parte la cabeza! ¡Ay!

Se va a la sala para recostarse en el sillón de la reina Victoria, pero antes habla en secreto con la María cocinera, que ya está abajo otra vez.

La María mala me pasa una copa llena hasta el borde, le doy un trago largo, pero lo escupo y me da arcadas: seguro le agregó sal la muy desgraciada.

[Elbia tiene el berretín de los vestidos y Liborio la obsesión por el golf. Asoció a toda la familia al club pero no lleva a nadie, sólo quiere demostrar que es un hombre pudiente... Elbia lo acompaña a las fiestas de gala. De su último viaje a la capital trajo, además de un broche con zafiros y pequeños diamantes para Elbia, una bolsa nueva de color verde oliva para guardar los palos, y un carrito para llevarla. Cuando te mostró la bolsa, Lina, pudiste entender a qué se refería con el verde oliva. Como las aceitunas, aclaró Liborio. Y además dijo que el golf le limpiaba la cabeza y que Eloy debería hacer lo mismo. Pero tu padre se resiste: no le gusta el golf, ni las caminatas, ni la gente de ese club. Tu padre es feliz cuando nadie lo molesta y puede observar las estrellas, esa manía que trae desde chico y que nadie le pudo sacar pese a todas las penitencias que le dieron. A veces escuchás que le dice a tu madre que no tiene nada que ver con esa gente. Ella le contesta que con esa gente podría hacer buenos negocios y cortar la tutela que lo ata a sus padres. Pero Eloy está firme en que no le interesan las amistades por conveniencia y se va al campo y se queda allí muchos días, habla por radio y dice que llovió, que los caminos están intransitables y que no puede salir. Y te quedas dubitativa, Lina, porque cada uno de los miembros de tu familia dicen una cosa y hacen otra, y te preguntás si eso es bueno o malo... ¿qué será lo que en verdad sienten?; hasta vos te das cuenta de que Elbia se casó con Liborio para salir de la pobreza y la orfandad en que los sumió la muerte de su padre. Casarse con el gerente general de la casa de ramos generales de sus parientes, la elevó de categoría: la que ella, con ahínco, se propuso conseguir. Vos saliste a tu padre, Lina, no te interesa ir a la casa de Pame con una sonrisa falsa para ver cómo son sus zapatos de charol.]

La tía Herminia viene de visita. Félix, su marido, es el hermano de Elbia y el dueño del molino harinero. Una vez nos llevaron a conocerlo.

—Es bueno que los chicos vayan sabiendo cómo se hacen las cosas —le dijo a Elbia cuando nos invitó.

Papá nos llevó a los tres. Vimos cómo llegaba la espiga de trigo, cómo pasaba por una máquina y por otra, hasta que al final salía por un tubo largo hecha talco. Mi hermano el mayor agarró un puñado de ese talco y se lo puso al más chico en la cabeza; no podíamos parar de reírnos, Jacintito parecía un fantasma canoso. Ahí se armó la gorda y tuvimos que volvernos.

Antes de que llegue Herminia a tomar el té, Elbia manda a

la María mala hasta Bonafide a comprar chocolates y obleas. Y hace preparar la mesa en el jardín debajo de la glicina.

La tía se sienta frente a la abuela en el sillón del almohadón violeta; yo, en la sillita baja. Le da los saludos de Félix, y le cuenta que el pobre no pudo ir a jugar al golf con Liborio, porque tuvo que andar detrás de los empleados que se la pasan haraganeando. *As sà gia come ch'a son sti foin—sì.*

—Decímelo a mí. Los negros no tienen remedio —contesta Elbia mientras sirve el té en hebras de la tetera de porcelana que tiene en la parte gorda una bailarina en puntas de pie—. *Ij giornalié a duro nen ant ël camp. Gnanca un! Lòn ch'a faroma con costa gentaja?* No quieren trabajar, no quiere ir al campo esa gentuza.

Al rato la tía empieza con los ojos. Los cierra y los abre, los cierra y los abre, los cierra y los abre.

Hablan de los parientes pobres que se quedaron en Italia y de los parientes ricos, los que tienen la bodega, y que durante el invierno, viven en Buenos Aires.

—Ya le dije a Liborio que en las vacaciones nos vamos a Mendoza. —Y baja el abanico para alejar un abejorro que se posó en la torta marmolada—. No quiero dejar pasar. Cancelamos dos veces. No vayan a pensar que no deseamos visitarlos.

Me como rápido las obleas que la María mala tapó con una servilleta para que no las vea, y empiezo a abrir y cerrar los ojos tan rápido como la tía Herminia. Me mira de costado y yo paro. Me vuelve a mirar y me hago la desentendida.

—Con los de Buenos Aires hablo por teléfono para los

cumpleaños y para Navidad.

—*A son tuti 'd blagheurass sti parent* —*sì.*

—¿Pitucos los parientes? La envidia te hace hablar a vos.

Cuando se cansan de criticarlos, la abuela levanta la campanita y la María cocinera llega corriendo; le pide que le traiga el últimos Para Ti.

Empieza a hojearlos hasta que encuentra al Sha de Irán. A ella le gusta decir de Persia porque explica que es un territorio más grande y por eso más importante. Pero en la revista yo leo I—R—Á—N.

—Y vos no comás tantas obleas que después vomitás.

Le muestra el Para Ti a Herminia.

—Soraya, pobrecita.

Una mujer con cara triste ladea la cabeza en el borde de la página.

—¿Quién es esta? —pregunto.

—Era la mujer. Ahora es esta otra —y pone el dedo en el centro de la página donde una morocha envuelta en tules sonríe junto al Sha.

—¡Qué diadema! —exclama Herminia—. Nunca vi nada igual. ¡Ni Sofía ni Fabiola se le acercan!

—*A cata 'n fieul apress a l'àutr come na bagassa.* No se puede comparar con esta otra.

—¡Elbia! El Sha necesita *dissendensa.*

—No me resigno. ¡Cómo pudo repudiar a Soraya! ¡Dejarla por esa *bagassa!*

—¡Pero es linda Farah Diba! —dice Herminia y por un momento los ojos se le aquietan—. ¡Esta tiara tiene más de dos kilos de diamantes!

Da vuelta la página. Farah Diba en distintas posiciones luce vestidos hasta el suelo llenos de piedras. La abuela se muerde los labios y unas gotitas de saliva se escapan por la comisura, ¡se le hace agua la boca!

—¡Pensar que nosotras descendemos de la realeza!

—¿De qué realeza me hablás? *Ma... che ròba ch'it dise Elbia?*

—No vas a comparar Europa con América.

—*Ma se papà e 'l barba a son vnù con na man daré e l'àutra davanti!* ¡Pobres como ratas! Así estaban en Italia.

—Fue por la guerra, perdimos todo, pero los bisabuelos eran condes.

—*Mai vist còsa parèj!*

—En la guerra se quemaron los archivos. Pero allí lo decía.

—*Ma lòn ch'a disìa!* ¿Qué decía? *Ma fame 'l piasì!* ¡Estás loca! La abuela corta un trozo de la marmolada y cambia de tema.

Tía Herminia mira la torta y antes de comerse un pedazo tan grande como mi mano, dice:

—Lo que la mama comió en la Italia lo cagó en la América. En la bodega no había ni excusado.

—¡Esa boca, Herminia! —mira de reojo—. ¡La nena!

Y empiezan a hablar cada vez más fuerte.

—*Mi i son nen busiarda!* ¡Nunca miento!

—¡Nada sabés! *Ti it sas pròpi gnente!* ¡Ignorante!

Se le resbala la revista y yo la junto del suelo.

Herminia abre y cierra los ojos. Yo abro y cierro los ojos.

—¡¿Qué hace esta chica?! ¡¿Elbia?! *Ma lòn ch'a fà!* —y escupe pedacitos de torta que me salpican la cara.

La abuela me mira y yo me quedo tiesa como la iguana Adelina.

—¡Andá adentro vos! Estas son conversaciones de mayores.

Me estoy yendo y vuelvo a mirarla, abro y cierro los ojos, abro y cierro los ojos. Herminia se levanta y grita:

—*Morfela dël diav, che 'l diav at pòrta via!* Mocosa del demonio. ¡Mal educada! *Morfela 'd merda,* ¡De mierda!

—¡Grosera! —grita Elbia.

Herminia sale a los tropezones sin saludar.

En una bolsita de tul Elbia guarda la llave de la habitación de los vestidos y la de la pieza que está al fondo del pasillo. Sólo se la entrega a la María cocinera para que lleve y busque bandejas o para que le abra al médico o a la enfermera.

Se levanta en la mañana y prende la bolsita a la enagua con un alfiler de gancho. Es de oro el alfiler, me dijo, no te creas que es cualquier cosa. Hoy se cambió muchas veces, probándose vestidos, y olvidó la bolsita sobre la cómoda. Aprovecho a ponerme los tacos de cocodrilo y la cartera que hace juego; me coloco la capelina que tiene un ramo de flores al costado y las chinelas con pompón, pero se me desarreglan las trenzas; tomo el cepillo de cerdas suavecitas para cepillarme el pelo y armarlas de nuevo. El Pancho me dice que soy tan rubia que lo encandilo, y a mí me da mucha gracia que use esa palabra. Me paso saliva por la pelusita del crecimiento para que no se pare. Armo dos trenzas de cada lado; una sola es demasiado gruesa, una serpiente gorda, exclama el abuelo.

Miro otra vez la bolsita con las llaves que Elba olvidó sobre la cómoda, y se me ocurre la idea. Agarro la de la cadenita dorada y salgo pitando a buscar a Florencio que está en lo de Ricardito Romañoli. No quiero hablar delante de Ricardito, pero mi hermano me dice que desembuche.

Le muestro la llave y no sé cómo, pero me entiende en el acto.

—Si sos valiente vas a abrir la puerta —lo chuceo.

—¿Y la vieja? —pregunta.

—Se fue de la Oliveras y después a la peluquería.

Entramos a la casagrande por la puerta de servicio. Ricardito viene con nosotros, no pudimos dejarlo. Hago de campana en el descanso de la escalera. El ejército de las Marías no está a la vista y me voy detrás de ellos. Mi hermano pone la llave en la cerradura; Ricardito salta en un pie, luego en el otro. Salto igual que él y me tranquilizo. La puerta cruje y se abre. Ninguno de los dos se anima a entrar, pero toman coraje y abren un poco más. Mi corazón hace tanto ruido que me parece que se escucha desde lejos. Me vuelvo rápido hacia la escalera a seguir de campana.

Un golpe. Un grito. Los dos aparecen corriendo, se suben a la baranda y bajan volando hacia el descanso. Les pido por señas que no me dejen atrás, pero no escuchan. El cucú comienza a sonar cuando estamos llegando a la sala. Los tres gritamos al mismo tiempo y salimos rajando por la puerta de servicio.

En el patio de Ricardito nos sentamos agitados. Mi hermano, blanco como un papel, tartamudea.

—Una muerta —dice—. Allí hay una muerta con los ojos vendados.

—Pero es la habitación de la tía.

—Y el pelo con electricidad —agrega Ricardito.

—El brazo se le cae al costado.

—En la muñeca tiene un trapo enroscado.

—El trapo está manchado.

—¿De qué?

—Algo oscuro.

—¿Negro?

No contestan.

—Había poca luz.

—Los pelos —repite Ricardito—, los pelos.

—La muerta flotaba.

—¿La tía flotaba?

—Y ese olor a sangre.

—¡Vos y tus ideas! —y me insulta.

—¿Y la llave? —pregunto.

—¡Quedó en la puerta! —dice Florencio.

Y me ordena que vaya a sacarla de ahí y a guardarla donde estaba. Me deslizo de nuevo por la escalera y en puntas de pie llego hasta el final del pasillo. La puerta, entreabierta: la empujo con cuidado. Me tiemblan las manos. Hace mucho que no veo a mi madrina. Quizá no me conoce más. Quizá no quiere que la visite. Creo que se me va a salir el corazón. Trinidad se saca la venda que le tapa los ojos y da vuelta la cabeza; me mira, tiene los ojos tristes y el pelo desparramado sobre la almohada; debajo de los ojos le veo unas bolsas oscuras; me hace señas para que entre, y aunque tengo mucho miedo, lo hago.

[Y avanzás, Lina. Es como si una fuerza desconocida te empujara hacia adelante. Una fuerza que se desprende de vos pero que no sos vos. Quisieras retroceder, cerrar la puerta, colocar la llave en la bolsita y salir corriendo para juntarte con tus hermanos o con Pame o con Elenita. Pero avanzás y tu madrina levanta la mano, que no tengas miedo parece decirte, que te quites ese terror que te hace abrir grandes los ojos y la boca. Y allí ves en su muñeca el trapo manchado. Desviás la mirada hacia su rostro, estás tan cerca que ella puede tocarte, depositar una suave caricia en tu' mejilla; llora, Trinidad llora, y reaccionás y te preguntás qué estás haciendo en esta habitación, tenés que irte, salir rápido de aquí, dejar de temblar; te das vuelta y escapás como una exhalación, como un alma que se lleva el diablo, cerrás con llave y guardás la llave en la bolsita y allí escuchás el aullido, el aullido de esos gatos que no existen.]

No voy a salir de la cama. No voy a levantarme. No voy a contestar si me hablan. No voy a abrir los ojos.

[Elbia saca el termómetro de la cajita de cartón con algodones en el fondo. Lo levanta a la altura de sus ojos para ver la línea colorada. Está clavada en los 40 de cuando Florencio tuvo la papera. Lo agita de arriba hacia abajo. El jopo se le corre hacia adelante de tanto zarandeo. Te indica que te pongas con la cola hacia arriba. Te negás. Te negás una y otra vez. Y ahora gritás y te viene una arcada y corrés al baño. Elbia te persigue con el termómetro, te hace volver a la habitación y exige que te coloques como ella te indica; con ayuda de una de las Marías te lo pone por la fuerza. Pataleás y el termómetro cae y se estrella contra el suelo. Ahora no sabrá cuánta fiebre tenés, qué es lo que te pasa, por qué no te reponés, siempre andás con espasmos y ahora no querés dejar la cama. De pronto te pusiste peor y solamente abrazás a Roberta. Lo que nadie va a saber es que visitaste a tu madrina y en el corazón se te empezó a formar una llaga, muy pequeñita, apenas perceptible; sentiste el dolor de Trinidad, no sabés cómo sucedió eso, pero lo sentiste, pudiste palparlo; un dolor agudo que se desprendía de ella y llegaba hasta vos y se incrustaba como pequeñas astillas, cerca de tu corazón. Te asustaste tanto que huiste de la habitación, pero de ahora en más el dolor ajeno jamás te será indiferente y esa llaga pequeña, que aún no percibís, irá creciendo sin prisa pero sin pausa, y se quedará para siempre dentro tuyo. Elbia te arranca a Roberta de las manos y se la da a María para que la esconda. Quizá de ese modo, piensa, aprenderás a hacer caso, aprenderás la sumisión. ¡Qué equivocada está! De ese modo sólo hará que la rebeldía —que hasta ahora desconocés—, comience a brotar y se fortalezca. Hará eclosión cuando ya sepas qué es lo que querés pensar, hacer y sentir, y tratarás, siempre, de que estas tres cuestiones vayan en coherencia.]

Elbia dice que ya hice suficiente reposo, que ahora tengo que tomar sol para no quedarme raquítica. Yo no quiero quedarme raquítica como los nenes de Biafra o el esqueleto que vi en la revista de la Luli, así que me voy rápido al jardín detrás de ella. Nunca supimos si tuve fiebre. Ni siquiera llamaron al médico.

—Se viene el otoño y hay que renovar las plantas —dice la abuela, y me alcanza la palita para que saque los cebollines—. Pero antes traeme los guantes.

Se mira las uñas que le arreglaron en la peluquería de Gloria. Se acomoda el delantal, el turbante, y luego mete con parsimonia los dedos en los guantes de goma.

El jardinero espera sus órdenes.

—Ponga los gajos de malvones que me dio la señora Romañoli allá, en los macetones. Divida los lazos de amor, haga cuatro plantas. Y a esta semilla la esparce alrededor.

Me da una palangana para que vaya juntando las hojas secas y ponga los cebollines que tengo que levantar de raíz. Se acomoda de nuevo el turbante y el jopo se le sale por un costado.

—Y otra cosa —vuelve a decirle al jardinero—. Separe las margaritas.

—Abuela —le digo—. ¿Puedo mirar el fondo del aljibe?

—¡Elbia, me llamo! Seguí con tu tarea, vos, así aprendes a

ser una buena esposa.

Sobre el tapial que separa la casagrande de la mía, dos cabezas se asoman.

—¡¿Qué hacen ahí?! —chilla cuando las descubre.

Mis hermanos levantan la mano. Seguro se treparon por la escalera que dejó el pintor.

—Buscamos el tesoro —y muestran un papel sucio con círculos en rojo.

—Este es el mapa.

—¡Qué tesoro ni qué ocho cuarto! ¡Bájense de allí!

—¡Sí, mi general!

—¡¿Qué dijiste?! *Brut dësgrassià!* —a la abuela los cachetes le cambian de color—. ¡Desgraciado!

Del otro lado del tapial el mayor saca la lengua y luego las cabezas desaparecen.

—*Ah mi pòvra mi! Bastard! Am fan vnì mata!*

Se agarra el turbante con las dos manos. Me parece que le está por dar el soponcio.

—*Am fan vnì mata!* —se burla Florencio, que aparece de nuevo en el tapial.

—¡Me sacan de quicio! —remeda el menor.

Elbia nunca se va enterar de que la entendemos. Habla en piamontés para que no sepamos lo que dice, pero lo sabemos. El jardinero se queda mirando el rastrillo que tiene en la mano y se mete el dedo en la nariz.

—¡Y usted mate los pulgones del rosedal!

Cuando me doy cuenta, la abuela ya cruzó el patio y se metió en la sala. La sigo calladita, tratando de hacerme invisible.

El calor del jardín se queda afuera; la sala está fresca y oscura. Se da vuelta y me ve:

—Vos, ¡a la habitación!

Quiero protestar, pero mejor me callo. Siempre se la agarra conmigo. Busco rápido a Roberta, que se quedó sentadita en el banco de piedra debajo de la acacia, y nos escondemos detrás de la puerta mientras ella habla por teléfono.

—¿Cuándo puede venir, don? Quiero que levante el tapial del fondo y que por encima le ponga vidrios...

El cucú da las 12, sale el hombrecito y ya no puedo escuchar lo que dice.

—A los chicos siempre les pasa —dice mamá—. A veces no tienen ganas de comer o vomitan por cualquier cosa. —Se pone firme ante las quejas de la abuela y le muestra su tobillo hinchado.

Elbia nos hizo la deferencia de llegar hasta nuestra casa y no se volverá sin hacer su voluntad. La conozco bien a mi abuela.

—Primero la salud de la nena. Iremos a Anssenuza sí o sí.

A mamá le empieza a crecer la vena sobre la frente e insiste con su tobillo para desviarle la atención.

—El aire de Anssenuza es milagroso, cura las costras de la piel, el asma, los huesos y el raquitismo como el de la nena.

—A su hijo no lo curó.

—Si me hubiese hecho caso... —se señala el pecho con el dedo—. ¡Una madre siempre sabe! *Ma varda còsa parèj!*

Sigue contando que Liborio reservó una suite para ellos y otra habitación para mí y la niñera.

—En el sector de los sirvientes. Pero es igual al nuestro —aclara—. No te preocupes. Allí todo es lindo, en ese hotel no podés aburrirte. —Me mira y me agarra las trenzas que hoy tengo bien parejas y con la raya derechita, pues mamá me ayudó a hacermelas—. Antes de irnos cortaremos este pelito.

Agrega:

—Los Schiapacasse aún no se deciden; tienen problemas en el campo, Juan está gordo y dolorido de los huesos.

Mamá no le contesta y saca unas pelusas invisibles de su vestido.

—El tren llega hasta Balnearia. Allí nos buscan los del hotel. Ya le dije a Liborio que no quiero que maneje, me agota estar mirando la ruta, que no se cruce un bicho, un caballo.

Se levanta y va hacia la biblioteca de papá.

—¿Qué necesita? —pregunta mamá que de golpe salta de la silla como un resorte sin pensar en su tobillo; le revienta que no le pidan permiso en su propia casa—. ¡Ay! —grita, y se vuelve a sentar.

Elbia no le contesta y me llama.

—Mirá, nena.

Abre uno de los tomos de la enciclopedia que sacó de la biblioteca. Una inmensa laguna ocupa toda la página. Decenas de aves de colores están dibujadas en distintas posiciones sobre el borde arenoso, otras vuelan. Cada una tiene escrito su nombre por debajo. Algunos pájaros se lanzan en picada sobre el agua y otros salen llevando en el pico un pescado.

—Dicen que en Anssenuza hasta llegan halcones desde Alaska. Pero yo nunca los vi.

—¿Y estos? —le señalo dos.

—La blanca debe ser la cigüeña que te trajo de París y se quedó a vivir en la laguna.

La miro fijo, ¿será verdad o me está mintiendo?

—Estos son chorlos que llegan cada primavera desde el norte. ¡Cabeza de chorlito como vos! —y se larga a reír.

El jopo se le sacude. Se lleva la mano a la boca como me enseñó que hay que hacer cuando a una le sale la risa de esa manera.

—¿Y estos? —me mira—. ¿Son pato o gallareta? —y sigue riéndose.

No entiendo los chistes. A veces creo que es mejor que la abuela esté enojada, porque cuando se hace la chistosa no sé de qué me habla.

Busca en el segundo estante otro tomo. Lo abre en la letra H. Aparece un edificio alto y alargado que encima de la puerta principal tiene un letrero con las palabras GRAND HOTEL VIENA.

—Fijate, hay ascensores y una torre. Es un hotel antiguo pero está muy bien conservado. Uno puede subir a mirar hasta dónde llega el agua. Por algo le dicen mar.

Da vuelta la página.

—¿Ves? Hay dos cocinas en pisos diferentes. Una para la comida salada y otra para la dulce. Así no se mezclan los olores. ¡Qué delicadeza!

Me parece raro lo que me cuenta.

—También hay una máquina para hacer café y una cortadora de fiambre que larga decenas de rodajas por minuto. ¡Ah! Y una bodega para que los hombres elijan el vino. A Liborio le gusta ir a la sala a fumar un puro después de comer.

Bostezo. La abuela se da cuenta de que no le llevo el apunte. Cierra el libro y dice que se va.

—¿Cuándo terminan la habitación de la nena?

—No saben aún.

—Por ahora se está portando bien. No molesta para nada.

Antes de que cierre la puerta mamá la llama porque se acordó de algo:

—Este hotel se construyó con el oro nazi. Creo que usted lo sabía, ¿no? ¿O me equivoco?

Elbia sale sin saludar.

A la tardecita mamá prende la radio, corre el dial y encuentra a papá; empieza a quejarse de Elbia, que hace esto, que dijo lo otro, que me tiene podrida, ¡Tu madre siempre la misma! ¿Cuándo vas a ponerla en su lugar?

Es domingo, y como papá volvió del campo y el abuelo de la Capital, Elbia nos invitó a almorzar a la casagrande. Nos reunimos en el comedor alrededor de la mesa, pero aún la abuela no decidió si comeremos aquí o bajo la pérgola de la glicina.

—Voy a dejar la gerencia —anuncia Liborio—. Necesito que alguien me reemplace.

Todos miramos a papá y papá mira hacia otro lado. Me parece que él también quiere buscarse un reemplazante. El campo me tiene harto, le dijo anoche a mamá, después de bajar su bolso y guardar la camioneta. Sólo me quedo porque trasladé allí el observatorio. Y siguió diciendo, Todo lo que hago me lo critican. Como si fuera fácil. Se notaba que mamá quería bajar la voz cuando le respondía, pero cada vez hablaba más alto y más finito. Hace más de tres años que estás trabajando y ni siquiera tenés un sueldo fijo, lo que sobra después de lo que se quedan ellos y se pagan los gastos, es lo único que nos corresponde. ¿Y las promesas y beneficios que enumeraron? ¿Adónde fueron a parar? ¿Eh? ¡Claro! ¡El campo es de ellos! Ya lo sé, ya lo sé, pero vos ponés el lomo, y yo acá sola con los chicos.

Pero eso fue ayer y hoy todos parecen contentos de estar reunidos en la casagrande esperando el almuerzo. Elbia dice:

—Hice preparar una comida especial ya que llegaron los hombres de la familia.

Mis hermanos se miran.

—De ustedes no hablo —aclara—. Aún les falta crecer mucho para cambiar de categoría.

La abuela se ríe y pasa la mano del anillo verde sobre la cabeza del mayor; mi hermano se agacha para evitar la caricia y la abuela se queda con la mano en el aire. Pero como está de buen humor, no le lleva el apunte. Le dice a la María cocinera que ya se decidió, que prepare nomás la mesa bajo la pérgola así aprovechamos el aire fresco y el solcito del domingo.

—Cambió el tiempo en seco —dice papá. Se levanta con su copa de aperitivo y se va hacia el patio. Nosotros lo seguimos.

Tengo tanta hambre que me comería un dinosaurio.

Mamá dice que es porque estoy dando el estirón. La María mala sirve los ravioles y le digo que me ponga más porque los de verdura y seso son mis preferidos. Pero no me hace ningún caso y pasa de largo.

Liborio habla del futuro, del golf y de las excelentes ventas que hubo en el negocio de ramos generales. Papá mira el reloj.

Llega el postre. Duraznos al natural con dulce de leche. Lo comemos rápido. Les hago señas a mis hermanos y pedimos permiso para levantarnos. Nos vamos al fondo, en donde el albañil ya levantó el tapial y lo llenó de vidrios. El mayor tironea del candado del aljibe, pero no se abre. Espía por los agujeritos de la tapa y dice que está viendo la rana de oro. Me pongo en puntas de pie para mirar: no veo nada. Subimos corriendo a la terraza por la escalera que está detrás del lavadero. En la terraza papá tenía su observatorio, guardaba los telescopios, las libretas con observaciones del cielo y las cámaras fotográficas. Se llevó todo al campo cuando se hizo cargo. En el suelo quedó una franja redonda y oscura y decenas de cascotitos sueltos. Los ponemos en los bolsillos y empezamos a lanzárselos a la gente que pasa por la calle. Le pegamos en la cabeza a una señora que lleva un perrito en brazos; el perrito mira hacia arriba y nos ladra. La señora también mira; después toca el timbre. Bajamos rápido hacia el jardín y nos ponemos a jugar delante del aljibe.

Elbia llama a los gritos:

—¡Quién fue! ¡Díganme quién fue! *Mama mia mai vist na còsa parèj!*

Por más que los albañiles se apuran no pueden terminar mi pieza: encontraron que el caño que está debajo del parqué empalma con otro que no debiera estar allí. Y mientras tanto, Roberta y yo, tenemos que aguantar lo que pasa en la casagrande. Ahora el jardinero llama a Elbia para que mire los pozos que encuentra entre las plantas. Parecen cavados por topos. En el Billiken hay figuras de esos animales, chiquitos y marrones, que hacen huecos por el estilo. El jardinero opina que para él son tuco tucos; los mira de arriba y de abajo y no le encuentra explicación a que hayan invadido el patio de golpe.

—Por suerte no tocaron mis flores —dice Elbia, y se abanica con la palmeta que tiene en la mano, no porque haga calor sino porque está nerviosa.

Llama al veterinario para que le diga cuál es el bicho que anda rondando y traiga el veneno más potente que tenga.

Al otro día, más pozos. Arruinaron los rayitos de sol y los tacos de reina.

El abuelo interviene. La abuela se acomoda el turbante y se le escapa el mechón. Fija la vista en el tapial de la vecina. A esa la odia porque la acusa de llevar con engaños los picaflores hacia su patio.

El jardinero se pone el dedo en la nariz.

—Los del otro lado no pueden ser —dice Elbia y señala hacia el sur—, son gente respetable, como uno.

Liborio se arrodilla para observar mejor debajo de las plantas y le dice que es imposible que entren los vecinos al jardín.

No hay huellas de pisadas. Solo una gata, flaca y sarnosa,

que acaba de parir detrás del aljibe.

—¡Saque esto de aquí! —le ordena al jardinero—. ¡Hay que hacerlo ahora! *Am mancaba mach sòn, ësta gata schifosa ch'a l'é vnù a caté an mes a mie fior.*

—Le digo a Eloy que se los lleve al campo —interrumpe el abuelo—. Tranquila.

—Gata asquerosa, pisoteando mis flores.

Se vuelve hacia el jardinero:

—No hace falta que le explique tanto. ¡Hágalo ahora!

El jardinero no se mueve.

—Hay bolsas grandes en el lavadero.

Los gatitos maúllan. ¡Son tan lindos y chiquitos!

—¿Me puedo quedar con este? —y señalo uno negro con pintitas blancas en la frente. También me gusta el atigrado y el que es todo blanco como un pompón.

—¡Ni se te ocurra!

—¡Por favor!

Liborio sigue mirando los pozos.

—¡Ah! —dice la abuela, y levanta el tono mientras señala a la familia de gatos—. Que no se le escape ninguno. Un palo grueso encuentra en cualquier parte.

La gata se defiende mientras el jardinero los mete en la bolsa. No quiero ver más, no quiero escuchar los chillidos que lanzan los gatitos; me tapo los oídos, me voy de aquí para siempre, la odio a la abuela, la odio tan fuerte... corro, corro y le grito todo lo que me sale, a ver si se da cuenta...

[Te fuiste llorando hasta tu casa, Lina, y le pediste a tu madre, le rogaste, entre hipos y mocos, que no te obligue a quedarte más tiempo en lo de Elbia. Tu madre te abrazó, desconcertada, y no pudo sacarte una palabra más, pero algo se movió dentro de ella (algo de compasión hacia vos y de furia hacia Elbia), y te hizo lugar en la habitación de tus hermanos. Por lo tanto, Lina, no pudiste ver lo que aconteció en la casagrande cuando tu abuela volvió a salir al patio a los gritos y se la agarró con la María que limpia acusándola de ladrona, y le exigió que le devuelva su anillo de inmediato. Si la hubieses escuchado, Lina, no habrías creído que tu abuela, la del Jockey Club que se viste en Oliveras, era la dueña de esa boca que expulsaba una cloaca. *Sensa vërgògna! Sfacià! Fòra 'd mia ca! Treuja! Putan—a! Mai vist, feme sòn a mi!* María lloraba con la cabeza entre las manos sentada en el borde del cantero, mientras Liborio trataba de sujetarla para que no se lanzara sobre ella. Sólo se escuchaban palabrotas mezcladas con el imperativo, ¡Fuera! ¡Fuera de mi casa! ¡El anillo! ¡Devuélvame el anillo! ¡Perra! ¡Ladrona! Liborio sabe muy bien que cuando su mujer está fuera de quicio hay que seguirle la corriente. Le habla al oído y con esfuerzo la arrastra hacia la casa después de prometerle que llamará a la policía de inmediato.]

Elbia habla por teléfono para contarnos lo que está pasando, y salimos en estampida hacia la casagrande. Mamá va apoyada del brazo de papá y nosotros nos adelantamos.

En la puerta nos detiene un policía para que le digamos

quiénes somos y qué queremos allí. El policía es largo y flaco como un tallarín y me da risa. Pero cuando veo la cara de Liborio dejo de reírme. Elbia, sentada en el sillón de la reina Victoria, se agarra la cabeza con las dos manos. La cocinera la apantalla con el Para Tí que le acaban de traer. El policía anota en un cuaderno. Miro de reojo: garabatea en el borde de la hoja dibujitos tan flacos como él.

Por la puerta de calle entra otro uniformado.

—Ya no hay dudas —dice.

Llama a Liborio y se lo lleva aparte para conversar.

Elbia levanta la vista, y cuando nos ve allí parados se toma el pecho y grita, ¡Es increíble, es increíble! *Butela 'n galera sta trojassa!* Mamá se adelanta, le dice por lo bajo que estamos nosotros, que no diga esas palabrotas. Le ofrece un vaso de agua, pero ella no la escucha y hace sonar la campanita. Parece que se acuerda de algo, deja la campanita en su lugar y se mira la mano que ya no tiene el anillo verde, y comienza a dar grititos agudos.

El policía revisa los sillones, levanta almohadones, cierra y abre las puertas, y se lleva a la boca el dedo que acaba de pasar por una mancha blanca que está sobre el respaldo del sillón del fondo. Mira hacia el techo pensativo, vuelve a pasar el dedo y hace un gesto con la lengua. Se saca de la cintura la cartuchera y el revólver, que deja sobre la mesa, y se agacha de panza para mirar debajo del sillón. Florencio, rápido como un refucilo, aprovecha y agarra el revólver, lo saca de la cartuchera y empieza a apuntarnos. Papá le pega un grito que lo paraliza.

El tallarín se levanta de un salto y grita:

—¡Por menos que esto pongo a mi hijo entre rejas!

Florencio se pone pálido como una tiza y le saltan las lágrimas. El más chico abre grandes los ojos y aprieta la mano de papá.

—¡Váyanse ya! *Përchè ch'i seve vnú?* ¡Váyanse! *Al pòst ëd porteme 'd pas am feve vnì mata! Fòra da sì!*

Se salió de quicio, murmura mamá por lo bajo, y me da pequeños empujones en la espalda para que camine hacia afuera. Elbia se estruja las manos y le dice a Liborio:

—¿Aún no pusieron presa a la *putan—a?* ¿Qué están esperando?

El segundo uniformado le contesta con voz gruesa y alta:

—Señora, esto es un procedimiento que lleva su tiempo. Así que tranquila, ¿eh?

Calladitos, nos volvemos por donde vinimos. Pero antes que pisemos la vereda, el tallarín alcanza a mi hermano y le retuerce la oreja.

—Para que aprendas, mocoso.

Papá cuenta que el médico lo llamó para decirle que el corazón de Liborio se puso débil. Puede reponerse si hace a pie juntillas lo que le indicó, dejar los problemas, comer sano, sin sal, e irse por las tardes a jugar al golf. El abuelo cumple la receta de pe a pa y vuelve a la nochecita cansado pero feliz. Se cumplió lo que deseaba, dejar la gerencia e irse todos los días al club. No se la dejó a papá si no al hijo de Félix y Herminia.

—Nadie que esté feliz se muere del corazón —dice papá.
Mamá le retruca:
—¡Se va al golf para escaparse de tu madre!
—Hay que entenderla.
—Y a mí, ¿quién me entiende?, ¿eh?
Papá siempre cuenta la misma historia: que el bisabuelo, o sea el papá de Elbia, cuando vino de Italia salía en un carro por los campos a vender ropa, zapatos, telas, azúcar, harina y todo lo que la gente necesitaba, que era mucho menos que lo que ahora se necesita para vivir. Algo parecido a lo que hace el correntino que va al campo de la Luli. El bisabuelo iba de campo en campo en una carreta techada con lona y tirada por caballos. Con los otros hermanos, que también se vinieron de Italia, habían empezado con el almacén de ramos generales y se repartían los trabajos. Un buen día unos forajidos lo mataron para robarle y lo dejaron tirado en medio del camino de tierra. Y allí estuvo hasta que alguien que pasaba lo encontró. Los bichos del monte le habían comido las orejas y la lengua y le habían picoteado el corazón. Papá dice que lo que sigue no puede contarlo delante de los niños, que Elbia y su hermano quedaron huérfanos, que quiere decir que ya no tuvieron más padre. Y el hermano del bisabuelo se hizo cargo de Elbia, de Félix y de su madre. Félix fue a trabajar al almacén, cargaba y descargaba la mercadería, y así se fue haciendo. Elbia debió ingeniarse con la costura y ayudar en casa ajena.

—Es feo vivir de la limosna de los parientes —dice papá.

Yo lo abrazo muy fuerte cada vez que cuenta esa historia. Y agradezco a Dios, como me enseñó la Luli, que me conserve a papá y mamá. ¿Qué sería de nosotros sin ellos? ¿A dónde iríamos a parar? Con Elbia seguro que no. Al campo con los abuelos…, no estaría nada mal.

—¿Y eso qué tiene que ver con su carácter? —pregunta mamá enojada.

Creo que se va a armar la pelotera. La María cocinera dice pelotera por una cosa y pelotera por la otra, y a mí me encanta esa palabra. No la digo en voz alta porque si lo hago mamá me mira y me dice, ¡Esa boquita!

Voy a la casagrande pero sólo a buscar a Roberta. Me la olvidé cuando estaba la policía. Veo a Elbia, furiosa, recorrer el patio para ver si hay nuevos pozos y desentrañar el misterio de por qué los picaflores no vienen a su jardín.

—¡Con la plata que gasto! —y mira hacia el tapial de la vecina—. ¡Se van a los de esa que plantó unas florcitas de morondanga!

Los picaflores pasan corriéndose unos a otros hacia la casa de al lado.

—¡María! ¡María!

—Está poseída por el demonio —me dice la cocinera en voz baja.

Me acuerdo del diablo y el tornado en el campo de la Luli, y me pongo a temblar. ¿También andará por esta casa? ¿O estará dentro de la abuela?

Elbia gira en redondo y se va hacia la sala hablando sola.

—*I peuss pa pì! I peuss pa pì! Mare benedìa!*

—¿Por qué no puede más? —le pregunto a María.

Me dice que no sabe y me hace entrar a la casa en puntas de pie. Elbia se recuesta en el sillón de la reina Victoria. Pide rodajas de papas para su jaqueca y se las coloca sobre los ojos. La María mala las envuelve en un lienzo y me hace señas para que me vaya de allí. Nos vamos con Roberta hacia nuestro escondite sin que nos vea.

—¡Tengo tambores en la cabeza! —y después de decir esto Elbia se duerme de golpe.

Se le abre la boca; tiene el último Para Tí apoyado sobre su pecho.

La abuela insiste en que estudie francés, que es un idioma elegante, fino, que si ella hubiese nacido en mi época ya lo sabría al dedillo. Dice que el francés va a combinar perfectamente con mi corte de pelo a la *garçon*. ¡Antes pasará sobre mi cadáver! Me enderezo las trenzas, que en el apuro por buscar a mi muñeca, me quedaron desparejas. Ahora me las hago partidas: dos de cada lado pero agarradas por la misma gomita. Ya no parecen dos serpientes si no cuatro delgadas culebras.

Elbia solloza. La espío.

—*Cita, citin —a mia, lòn ch'a l'han fate.*

Me acerco para entender mejor, Hijita, hijita, qué te han hecho.

¿Lo dirá por mí?

Suena el cucú, la revista cae al suelo y ella se despierta. Se saca las rodajas de papas, cierra su bata y me mira. Pero no me ve, parece que aún está dentro del sueño.

La María principal está hablando con la cocinera. No saben que escucho desde mi casita detrás de la puerta, creen que ya me fui.

—Se cree de sangre azul.

—*A l'é anvelenà con tut lòn ch'a sia la nobilità.*

—¡Está envenenada con la realeza! *Grama e mata la veja.*

—Es mala la vieja. Sí, señora.

(¡Si se entera la abuela lo que dicen de ella!)

—Hablá despacio. Las paredes escuchan.

—*Da mare mata fija mata.*

—No podía ser menos, de madre loca tiene que salir una hija loca.

—Shhhhhhh.

(¡Es pura mentira! Mi madrina no está loca, sólo se enfermó de tristeza.)

—*Povréta piemontèisa! Povrèta!*

(Risas.)

—Hoy la vieja no me dejó entrar a limpiar la pieza. Vi sangre en el baño.

(¿Sangre?)

—*Sangh?* ¿Estás segura?

—*La povrèta piemontèisa a campa via 'd sangh bleu!*

—¡¿Sangre azul?!

—¡Solo roja!

(Me parece que estas después van a llorar.)

—No seas mala. Tienen desgracias como cualquiera.

—*Povréta piemontèisa! Povrèta!*

—Hay que estar en su lugar... con esa hija, nunca se sabe

qué va a pasar.

—La casaron con ese fulano a los dieciséis. Así enloquece cualquiera.

—Y hasta los quince, encerrada con las monjas.

—Dicen que algo le tocó el cerebro cuando tuvo la otitis.

—Y la madre ni siquiera viajó a verla cuando se enfermó.

—Casi se nos va el otro día, ¿eh?

—Si no hubiese entrado a llevarle los remedios, no contaba el cuento.

—¿Cómo consiguió el frasco de pastillas?

¿Y cómo no va estar mal si se la pasa encerrada? Si me animara podría ir a visitarla otra vez para que no se sienta tan sola. Pero no puedo: se me estruja el corazón y algo me pincha por dentro. Creo que no nací valiente.

Salgo de atrás de la puerta-casita y nos vamos con Roberta hacia el fondo. El jardinero barre las hojas y las entierra al final del patio. Ya pusieron el veneno para los tuco tucos, pero yo sé que no hay ningún bicho, que los pozos los hicieron mis hermanos para vengarse por los vidrios del tapial. Aunque ellos dicen que fue para buscar el tesoro. Los tengo amenazados: si me hacen burla o me tratan mal, corro a contarle a la abuela.

El jardinero saca agua del aljibe para regar las flores.

—¿Y los gatitos? —le pregunto—. ¿Adónde los llevaste?

Me mira y se hace el que no escuchó.

Vuelvo a preguntarle.

—A mi casa —responde—. Mis hijos los querían.

Sé que me está mintiendo pero no puedo hacer nada.

Carga de nuevo el balde, lo levanta con la cadena y la roldana hace cric crac cric crac.

Las tapas del aljibe quedan abiertas. Cuando se va a regar las flores, me pongo en puntas de pie y espío. En el fondo mi cara se dibuja y se desdibuja; el agua hace círculos cada vez más pequeños hasta que se queda quieta. Digo, hola, y retumba, hola, hola. Las ranitas son casi transparentes, saltan desde abajo y se pegan a la pared de los costados con sus ventosas. Hay musgo y helechos. Sube un vaho que me atrapa y me llama hacia el fondo. Pero no veo ninguna rana de oro. Junto piedritas y las tiro al agua. La roldana cruje, deslizo el balde para saber si es profundo; quizá por el fondo se pueda llegar al otro lado del mundo, o a lo mejor ahí esté escondido el famoso tesoro que buscan mis hermanos.

—Manos a la obra —dice la abuela.

La bolsa de arpillera está dentro de la pileta de lavar y llena de ranas... No son las ranitas del aljibe, son otras, grandes, que se comen.

La bolsa pega saltitos y se deforma en cientos de direcciones, como si un monstruo de muchas cabezas quisiera salirse de ella.

—Misión cumplida —dice papá.

El jardinero aparece sosteniendo el hacha con la que corta la leña en trocitos. En la otra mano una tabla de madera y una cacerola de aluminio. Elbia mira la cacerola.

—¡María! Traiga dos más. Una de las grandes y otra mediana. Y usted ponga aceite hasta la mitad y comience a calentarlo.

La María nueva, que reemplaza a la que limpiaba, se llama Rosa, pero Elbia la llama igual que a las otras para no confundirse.

En la casagrande hay dos cocinas, una está afuera, en el lavadero, para no ensuciar la de adentro. Si Liborio pide torta de naranja, Elbia ocupa la de adentro; pero al pescado, las fritangas, las ranas, los pavos, los pollos, los cocinan afuera.

—*Bocon da prèive!* —exclama, y mira la bolsa que se revuelve debajo de la canilla.

—¿Bocado de qué? —le pregunto a mi hermano. Pero él se encoge de hombros y no saca los ojos de la bolsa.

Hace casi dos días que las ranas quieren liberarse. Papá las hizo cazar vivas en las cunetas del campo después de la lluvia. Los abuelos invitaron a cenar a la tía Herminia y a Felix. Elbia quiere hacer las paces con ella por lo que pasó el día del té.

Mis hermanos alzan sus espadas de madera detrás del jardinero que levanta el hacha.

Elbia les explica a las Marías lo que tienen que hacer. La cocinera llama a Florencio y le pasa la cuchilla. Mi hermano retrocede y ella se ríe agarrándose el delantal. Papá pega media vuelta y se va detrás de la abuela hacia adentro de la casa. Jacintito lo sigue.

—Ojo con la sangre —dice el mayor, haciéndose el corajudo.

Sobre la mesa de piedra el jardinero coloca la bolsa con las ranas, el hacha, la tabla y dos cacerolas. Con cuidado desata la punta.

—Dejá un rato la cuchilla y andá sacando —le dice la cocinera al mayor.

Florencio intenta agarrar una, pero las ranas se le suben a los brazos. Pega un grito y empieza a sacudir la mano y las ranas saltan hacia afuera. El jardinero rápidamente cierra la bolsa.

—¡Se escapan!

María, la nueva, corre por el patio detrás de las ranas pero solo atrapa a la más grande, la trae agarrada de la pata trasera, la que se estira cuando pega el salto. Las otras encontraron una hendija al lado de la tapa del aljibe y se lanzaron al pozo. El jardinero descabeza de un solo golpe a la rana. La cocinera la agarra y de un tirón le saca enterito el cuero de adelante hacia atrás. La destripa, le clava un escarbadientes en el medio del lomo, y coloca el cuerpo en la cacerola grande.

—Así no saltan con el aceite hirviendo.

Mi hermano está pálido pero quiere intentar de nuevo. María va poniendo las que están listas en la olla. Les clava el escarbadientes pero igual las ranas saltan y se retuercen como si vivieran. Primero quedan transparentes, luego doradas.

—¡Nene! —dice la cocinera—. ¡Prestá atención!

Y le muestra dónde debe pincharlas.

Me empieza el mareo y corro al baño. Pero la puerta está trancada por dentro. De pronto se abre y sale mi madrina; levanta la mano para acariciarme y veo el anillo verde que reluce en su anular.

Desde el día en que no quise quedarme más en la casa de la abuela, me instalé en la habitación de mis hermanos. No me gusta dormir con ellos pero no digo ni mu. Dejan las zapatillas sucias debajo de la cama y siempre hay olor a pata.

—Falta menos —dice mamá, que ya camina bien y no se queja tanto de que le duele el tobillo, aunque se le hinche los días de humedad. Empezó a ir a la escuela y eso la pone de buen humor. En unos días más iremos también nosotros.

—¿Qué pasa con la abuela? —le pregunto. La escuché hablar con ella por teléfono. Algo está sucediendo.

—Nada. ¿Qué va a pasar? Tuvieron que viajar pero en unos días están de vuelta.

—¿Adónde?

—Señorita, menos curiosear y a trabajar —y me manda a acomodar la habitación.

—Claro, ¡siempre a mí! ¿Y los chicos?

—Vos sos mujer —contesta.

Me tienen harta con eso: como soy mujer tengo que hacer todo. ¿Estos se piensan que haber nacido mujer es ser sirvienta de por vida?

El Hombre que volvió de la muerte me persigue; corro por la casa, subo las escaleras, abro los roperos, grito, grito, grito pero la voz no me sale. Quiero meterme debajo de la cama para que no me agarre, pero hay un cajón de muerto. Se corre la tapa del cajón y veo la mano descarnada de mi madrina que quiere agarrarme y meterme con ella dentro del cajón. Transpiro, grito, forcejeo.

—¡Basta! ¡Basta!

Es la voz de mamá que llega de lejos. Abro los ojos. Está parada al lado de la cama e intenta calmarme. Me tapo de nuevo con las sábanas y abrazo a Roberta.

—¿Qué te pasa?

Le digo que no me quiero levantar, que me duele la panza.

—¿Tenés fiebre? —me pone la mano sobre la frente.

La mano de mamá es calentita y áspera y en el fondo de ese calorcito aparece como un frío que me pone triste.

Me mira, inspeccionándome. Me agarra un retorcijón y corro hasta el baño. Mamá se da cuenta de que no me hago la descompuesta y me ofrece un tecito.

—Y un mejoral —le pido.

Me trae las dos cosas, me acomoda las almohadas detrás de la espalda y endereza a Roberta. Me encanta el mejoral, siempre que puedo me como uno, tiene gusto a frutilla y se deshace en la boca más rápido que un caramelo.

Llama el teléfono y mamá se levanta del borde de la cama para ir a atender.

—¿Cómo les va con los médicos?

(Me parece que está hablando con la abuela Elbia.)

—Se despertó otra vez con dolor de panza.

(¿Por qué se lo tenía que contar?)

—¿A usted le parece?

(Seguro que va a querer hacerse *cargo de la situación*. O sea de mí.)

—Está en la etapa del crecimiento. Yo también era flaca cuando era chica.

(¿Por qué no hablan del abuelo y de lo que le dijeron los médicos?)

—Fiebre no tiene. ¿Empacho? Ya la hice curar.

(Mamá duda...)

—¡No! En el campo no comen cualquier cosa, todo es sano.

(Se está poniendo rabiosa. La vena sobre la frente seguro le está creciendo.)

—Bueno, sí, desde que vino de allá se queja.

(Se debe estar conteniendo.)

—Nooooo. ¡La Luli sabe cocinar!

(Pero ya no da más.)

Cuelga tan fuerte que desde la habitación escucho cómo choca el tubo con el aparato.

Mamá se la pasa hablando por teléfono. Ahora es con la Luli.

—¿Eh? —dice.

Y vuelve a exclamar:

—¡Ehhh!

Me levanto y voy a escuchar. No bien cuelga, entra papá.

Le cuenta que la Luli tiene la lombriz solitaria.

—¿Y? —pregunta papá.

—Logró evacuarla.

Dice también que le pidió que me revisen porque quizá yo la tenga.

Me pongo a llorar.

Florencio, que llegó con papá, va a buscar la enciclopedia en la letra L para saber de qué están hablando. En la figurita del libro se ve una cinta fina, aplastada y larga, requetelarga, que trepa por dentro de una persona. Es la tenia saginata. En la punta de la lombriz hay dos agujeros que miran y una especie de gorrito con puntas. Esto es lo que se clava en las tripas, dice Florencio; y en el acto me da un retorcijón.

—Si la persona muere la lombriz le sale por la boca —me mira—. Pero no es tu caso —se apura en aclarar cuando ve que los ojos de papá y mamá están sobre él, y que a mí me va a dar un soponcio como a Elbia.

Hacen reunión de familia y la abuela exclama triunfante:

—¡Lo sabía! ¡El tambo es así!

—¿Cómo así? —retruca mamá.

La abuela está distinta desde que se fue la madrina. El mayor contó que la mamá de Ricardito dijo que la llevaron a un hospicio lejos de acá, y que un hospicio es un lugar donde ponen a las personas enfermas como ella que ya perdieron la voluntad de vivir. ¿La habrá perdido por tener que volver a la casagrande cuando la dejó el marido? ¿O se habrá rendido? Yo ya sé que no hay que rendirse nunca, jamás.

A Elbia, desde que no está mi madrina, se la ve contenta:

ya no le agarran jaquecas y va día por medio de la Oliveras, no pelea con la tía Herminia y hasta trata mejor a las Marías. Dice que en una de esas hasta puede donar a la Iglesia lo que no le sirve, y que va a construir otra habitación para que sus vestidos se aireen. El que guarda siempre tiene, repite una y otra vez, para que nos entre en la cabeza.

Comienzan con las enemas para que elimine al gusano. Primero la de ruda y ajo; apesto toda la casa.

—Los remedios caseros son lo mejor —insiste Elbia, y prepara una nueva receta.

La lombriz solitaria hace que la Luli hable por teléfono con Elbia y la asesore. Y la novedad es que Elbia se deje asesorar. Creo que no se quiere quedar atrás, seguir con la voz cantante y sonante. La Luli le cuenta que mandó con el correntino raíz de granada.

—Tiene culpa —dice Elbia por lo bajo—, por eso está tan mansa.

Cuando por fin llega la raíz, mamá la machaca en el mortero en donde se muelen las semillas de zapallo, y le agrega agua. Después la cocina a baño maría. Me da el menjunje tres veces por día, y por si eso fuera poco, me obliga a tragar aceite de ricino. Creo que me están envenenando, que todos quieren que muera; pienso en un plan para escapar. ¿A dónde puedo ir? Si me voy al campo de la Luli seguirá con estos menjunjes. ¿De Elenita? Sus padres me devolverán a casa. No tengo salida. Mi única salvación es papá, así que me voy a hablar con él.

Al fin interviene.

—¡Lleven a esta chica al médico!

—La lombriz no se cura con médicos —contesta Elbia, que por estos días va y viene de la casagrande y le encanta hacerse la sabelotodo.

Me la paso en el baño y nada. Elbia y la Luli deciden que sólo tomaré leche y las semillas molidas hasta que largue el bicho. Nadie le hace caso a papá que era mi única salvación. Voy a enflaquecer del todo. Mamá opina que después de esta limpieza comenzaré a engordar. A las semillas les agregan miel para engañar al gusano y me vuelven a mandar a que me siente en la pelela. La llenan hasta la mitad con leche y ajo para que lo atraiga.

—¿Probaste con el dedo si está tibia? —le pregunta Elbia a mamá—. Tiene que estar más caliente que adentro de las tripas, si no la lombriz sale y se vuelve a meter.

Elbia me presta unos Para Tí así me quedo quieta.

Mis hermanos me traen un rompecabezas, un ta-te-ti, y cuando se cansan de estar conmigo me alcanzan los cuadernos y los lápices.

Tengo la marca de la pelela incrustada en la cola.

¡Al fin sale!

—¡Que salga con cabeza y todo! —dice mamá y luego me abraza y ya no me acuerdo de nada. Me despierto en la cama de papá y mamá. Mis hermanos no hablan, me miran. Yo los miro también.

Mamá conversa por teléfono con la Luli. Le cuenta cómo fue el proceso y el tamaño del gusano.

—Es larguísimo y achatado. En la cabeza tiene unos cuernitos. Lo guardaré en un frasco para que lo veas.

A Florencio al fin le salen las palabras y me dice que tiene una idea. Yo solo quiero comer algo o mucho o todo y pido a los gritos que me traigan lo que haya en la heladera.

¡Me muero! Mamá llega corriendo para ver qué es todo este griterío.

—¿Qué pasa?

—Quiero un revuelto —digo.

—Yo también quiero —dice el mayor.

—¡Y yo! —Jacintito.

Nos vamos los cuatro a la cocina. Mamá pone en un bol de vidrio leche y huevos, y empieza a batir. Coloca manteca en una sartén mediana, pone la mezcla, la revuelve y le agrega queso cuartirolo.

Cuando lo está por servir suena otra vez el teléfono. Es Elbia.

—¡Cómo puede ser! ¡Qué pasó!

Nos vamos detrás de ella para escuchar.

El olor que viene de la cocina nos avisa que el revuelto ya no se podrá comer.

En la casagrande la abuela está sentada en su sillón favorito, una de las Marías la apantalla y la otra le trae sales que le pone debajo de la nariz.

Liborio se descompuso en Buenos Aires; acaban de llamar los parientes que viven en la Capital. Por suerte el abuelo tuvo tiempo de avisarles y ellos se encargaron de todo.

Papá quiere sacar los pasajes para viajar lo antes posible, pero Elbia lo detiene:

—¡No! —exclama con firmeza y empieza a hablar en su lengua madre—. ¡Claro que no! *I l'hai da sistemé mia ròba. I peus nen andé mach për parèj. E sòn a pòrta 'n bel temp. Fé le valis, vëdde lòn ch'i vad porté. Lassé la ca ordinà. Savèj lòn ch'a l'ha da manca Liborio. Nò, nò e nò. I vad nen andé via an pressa. Nò, nò e nò. La Oliveras a l'ha da porteme vàire veste. Sensa lòn i peuss nen viagé. Sicur che nò.*

Y mira a papá cuando habla. Parece que se olvidó el castellano.

—Está en shock —susurra mamá, y sin darse cuenta la empieza a traducir—. No quiere irse de apuro a Buenos Aires, quiere buscar ropa de la Oliveras y hacer tranquila las valijas.

A papá se le suben los colores. Parece que va a estallar. Nunca antes lo vi así. Él también entendió.

—Voy a sacar los primeros pasajes que encuentre. Es una emergencia, no importa lo que llevás o no llevás en la valija.

—*Nò!* —vuelve a desafiarlo—. *I peuss pa presenteme davanti a lor come na basta ch'a sia. Chi a lo sà vàire ch'i dovroma fërmesse? E peui 'l treno... mè mal a la testa. It l'has da aquisté ij bijèt ant na caròssa a let ëd prima clase. A l'é tant lontan! An che stat i vad rivé?* No puedo presentarme ante ellos como una cualquiera del pueblo, como una pobre diabla. Quién sabe cuánto nos tendremos que quedar. Y el tren... mis jaquecas. Tenés que comprar los pasajes en un vagón dormitorio de primera clase. Es muy lejos. ¿En qué estado voy a llegar?

—Se hará como yo digo —se impone papá—. Qué me importa lo que piensen tus parientes. Ahora mismo voy a sacar los pasajes en el Mitre, y si hay tren para dentro de una hora lo vamos a tomar, estén o no preparadas tus valijas. Iremos en pulman o en segunda, lo que haya. ¡Qué camarote ni camarote!

Se da media vuelta y sale. Se escucha un portazo y los vidrios que tintinean.

—¿Puedo ayudar? —pregunta mamá. Hace una mueca y parece como que se estuviera riendo. Elbia la mira, se levanta, se calza los patines de franela para no rayar el piso recién encerado y, sin sacárselos, sale apurada escaleras arriba. Las Marías la siguen.

Mamá va hacia el teléfono, busca un número en la agenda que está sobre la mesita y pide a la telefonista una comunicación con Buenos Aires. Quiere hablar con los parientes para ver dónde está internado el abuelo. La telefonista ya sabe lo que pasó, se compadece y le da sólo cuatro horas de demora. Cuando sea grande voy a ser telefonista así puedo escuchar todas las conversaciones y saber lo que pasa en la vida de la gente.

Mis hermanos están en la piecita del fondo mirando el gusano. Mamá con una pinza agarró la lombriz y la puso dentro de un frasco gigante de durazno al natural. Nos mandó a comprar formol. El farmacéutico no nos quiso vender, Son menores, dijo. Tuvo que ir ella a buscarlo.

El gusano, alargado y plano, largo y retorcido, flota dentro del frasco. Los agujeros de su cabeza están delante de nuestros ojos. Mi hermano mueve el frasco y el gusano baila. Ricardito Romañoli lo mira, después me mira a mí, y así dos o tres veces.

Golpean. Son dos chicos del barrio. La noticia de la lombriz solitaria corrió como reguero de pólvora.

Florencio los ataja:

—¿Trajeron? —y hace un gesto con los dedos como quien cuenta billetes.

Los chicos se miran entre ellos.

—Vayan y busquen. Esto no es gratis.

La lombriz me pertenece y reclamo la mitad. Lo otro se lo pueden repartir entre ellos.

—La idea fue mía. ¿Qué te creés?

—Y yo le voy a contar a Elbia que ustedes le pocearon el jardín.

Florencio achica los ojos, me dice malas palabras por lo bajo, pero se la tiene que tragar.

Me quedo mirando la lombriz. Ninguna de mis amigas quiere venir a verla, solo llegan varones. A las chicas todo les da impresión. Parecen la mantequita de la Luli. No, ni siquiera. La manteca de la Luli es gruesa y firme. A veces tienen razón de burlarse de nosotras. Me da bronca eso, yo seré fuerte como la Luli, rica como Elbia y terca como mamá. Y nadie podrá ganarme.

Muevo el frasco y el gusano sube y baja en el líquido claro; a lo mejor hacía esto mismo cuando estaba en mi panza. Quizá seamos muchas personas y no una sola; como yo, que no sabía que esto estaba conmigo, hasta que no tuve más remedio que enterarme.

Los Schiapacasse esperan en el living. La mujer es enorme y tiene la cabeza llena de rulos colorados. Juan pone los brazos en cruz sobre la panza que le salta hacia adelante. Me besan. Me doy la vuelta para que no vean que me limpio.

—Qué linda nena, pero qué flaca.

—Estuvo enferma —responde mamá, y los invita a sentarse.

Vinieron a preguntar por la salud del abuelo.

—Les debemos el viaje a Ansenuzza.

—Claro —dice mamá.

—A mí me encanta la laguna —interviene la colorada—, ese ojo de agua salada que parece un mar. Aunque allí en realidad desemboca el río Dulce.

Se acomoda los rulos con una mano. Tiene la piel blanca llena de manchas.

—Perdón —dice—, ya sabés que fui profesora de geografía y me quedó la manía de enseñar.

Mamá se ríe:

—Tenían la ilusión de llevar a la nena. Pero es mejor que vayan los cuatro. Mucho más tranquilos. Además estamos ahorrando para irnos en julio a las Cataratas.

—¡Ah, las cataratas! Lo más hermoso del país. ¿Cuándo regresan Elbia y Liborio?

—Seguramente en unas semanas.

Mamá me manda a la cocina a preparar una bandeja con dulces y jugo. Cuando vuelvo están hablando de otra cosa.

—Pero qué linda te quedó la casa.

—Aún faltan detalles.

Hablan también de la casa que los Schiapacasse tienen en el campo donde el camino hace una curva doble. La levantaron encima de una montaña de tierra así se puede ver de todos lados.

De golpe me doy cuenta de que Roberta no está conmigo y salgo a buscarla.

Revolví por todos lados y Roberta no aparece. Busqué en la piecita donde está la radio, en la cocina, el comedor, en la habitación de papá y mamá, y hasta debajo de la cama. No está. Así que me acomodo las trenzas, hago una rosquita con cada una, las paso por debajo de la gomita y salgo para la casagrande. Y empiezo a repetir la oración que dice la Luli cuando se le pierden las cosas, *Cuando la Virgen cosía, ni aguja ni hilo perdía*. Pame debe haber salido con sus zapatos de charol; tampoco veo a Elenita por ningún ado. *Cuando la Virgen cosía...* Doblo la esquina del almacén de Zenobe y llego. Podré buscar tranquila porque Elbia aún no volvió de Buenos Aires. Entro por la puerta de servicio: las Marías, ocupadas en sus cosas. *Ni aguja ni hilo perdía...* Subo las escaleras y busco en cada habitación. La habitación de los vestidos está cerrada con llave, así que sigo de largo; la del final del pasillo, abierta; por la ventana entra un sol debilucho que ilumina cada rincón. Cambiaron los muebles de lugar; no hay nada en el ropero ni en los cajones. Sólo huele a desinfectante, parece que acá nunca hubiera vivido nadie; me siento en el sofá al lado de la cómoda y me pongo a pensar en cómo estará mi madrina. Ella antes era alegre y sonreía, pero después algo pasó, volvió a la casagrande y se encerró a llorar. ¿Podré visitarla alguna vez? ¿Habrá personas para conversar en el hospicio? ¿Un patio con flores? ¿Un cielo con estrellas así no se siente sola? Como mis estrellitas detrás de los párpados que me acompañan adonde voy.

—¡Qué hacés aquí!

La María mala me mira con ojos de furia.

—¿Ahora la señorita es una ladrona que se mete en casa ajena sin que nadie la escuche?

Le contesto que vine buscar a Roberta porque no la encuentro por ninguna parte.

—Te pasa por desordenada, por dejar todo tirado por ahí.

No quiero discutir con ella, así que me levanto y bajo las escaleras. *Cuando la Virgen cosía, ni aguja ni hilo perdía.* La María cocinera tampoco sabe nada y menos la que limpia. De pronto me pongo triste: no sé a quién preguntar para encontrarla. Voy al patio, el jardinero está cambiando las plantas de lugar según le indicó la abuela. Llego al aljibe. No tiene candado. Abro las puertitas de chapa y miro. Las ranitas transparentes siguen agarradas a las paredes del pozo. En el fondo hay algo, algo que flota. Grito. El jardinero corre para ver qué sucede. Le pido que por favor saque lo que está allá abajo. La cadena baja crujiendo hasta que el balde choca contra el agua. No le cuesta levantar lo que hay allí. Creo que no es, pero puede ser. Que no sea, que no sea. Estoy asustada, y siempre que me asusto me quedo inmóvil, sin poder moverme. La cadena vuelve a enroscarse hasta que el balde aparece. ¡Allí está, dada vuelta, ahogada, mi Roberta! ¡Es Roberta, mojada y tiritando! La doy vuelta, el pelo le chorrea sobre la cara. La levanto, ¡no tiene ojos!; están hundidos, no se los veo, le sale agua por esos pozos negros de la cara. Miro hacia todos lados, quiero un trapo, secarla, quiero que alguien me diga qué pasó, quiero saber cómo llegó al fondo, ¿quién fue?, que su pelo brille, ¿quién fue?, quiero sus ojos ¡qué pasó con sus ojos!, ¿quién fue?, ¿quién le hizo esto?, ¡grito!, la abrazo, grito y corro, lloro de rabia, desesperada, ¿qué hago?, ¿qué puedo hacer?, ¿qué haré?; lloro y la abrazo, quiero sanarla, ¿cómo?, lloro a los gritos y me parece que nunca más en la vida voy a poder parar de llorar.

El viaje

Estás despierta, Lina, y dibujando; la ansiedad del viaje te impide dormir. Ya te imaginás lo que tu abuelo va a decir, *Hay que aprovechar la fresca*, y lo va a repetir, una y otra vez, hasta que todo el mundo se levante. Pensás que —quizá—, cuando la gente se pone vieja ya le queda poco por decir, y se vuelve así, repetidora. Escuchás las puertas que se abren y se cierran y mirás la hora: las cuatro de la mañana. Te ponés las zapatillas y guardás tus hojas y lápices en el portafolio. Colocás también el cuaderno de tu hermano menor, que dice que va a dibujar los monos, los tucanes y las mariposas que hay en las Cataratas.

El Valiant está cargado hasta la coronilla y tu abuelo quiere salir de inmediato. Anoche Luisa y tu madre se encargaron de que el equipaje estuviese listo y guardado en el baúl. Al portaequipaje lo aseguró Pancho. Se suben al auto sin que se lo digan dos veces. Dan vuelta la manzana y llegan. Elbia está apostada en la puerta controlando a las Marías, que cargan el equipaje. Tiene un papel en la mano; allí escribió lo que puso en cada valija. Hace una seña y la María principal aparece con un enorme paquete envuelto en una lona. Le indica a tu padre que eso va sobre el techo del Ford. Liborio mira el paquetón y protesta, dice que de ninguna manera, pero Elbia se pone firme: eso va o va. Pide que lo sujeten con las correas y que las pasen a través de las ventanillas para atarlas a las manijas que están sobre los vidrios. Liborio sigue protestando y pregunta, con toda razón, cómo harán cuando quieran bajarse en la primera parada; Elbia responde que ya está todo pensado. *¡Un viaje tan largo, mamá, y esta incomodidad!*, rezonga Eloy. Luisa mira a Elbia y está por decir algo, pero en vez de abrir la boca, larga una tosecita y se acomoda los anteojos.

Las mirás a ambas y comenzás a tener una inquietud indefinida, te preocupa que tus abuelas empiecen a pelear. A veces parecen gallos de riña, como esos que Pancho va a ver a escondidas al pueblo y sobre los que te prohibió que cuentes. Allí los gallos se picotean de tal modo que se sacan los ojos; pero vos, Lina, no querés ver ese espectáculo sangriento y te vas a la plaza del pueblo. Te acordás de Roberta, que se quedó en casa sin sus ojos, al igual que esos gallos. Todos te dicen que te la van a arreglar, que conseguirán otros ojos, quizá más lindos que los que tenía, pero nadie lo hace. Y esa pequeña llaga que tenés en tu corazón se sigue inflamando de tristeza. Con tu familia no podés contar. Y te rebela esa y todas las injusticias, y cuando tengas unos años más, te rebelarás totalmente, y mirarás como desde arriba de un precipicio el borde de la muerte. Habrás luchado por todos, te ocultarás, te jugarás el pellejo cuando los milicos tomen el poder... y vas a perder, verás que no era así como se cambia el mundo; pero podrás escapar, tendrás una nueva oportunidad, pero eso lo sabrás mucho más tarde, cuando ya no vivas en este país y puedas mirar detrás de tu dolor qué fue lo que realmente pasó cuando creíste de verdad que la lucha armada lo cambiaría todo. Y ése será el momento en que comiences a escuchar a tu corazón. La furia es como un viento que sentís por dentro y que aviva la llaga. Y en tu viaje por la vida ese viento se tornará huracán cuando salgas a gritar, a levantar los puños, a luchar para que se acabe tanto dolor, el tuyo y el de los demás. Pero eso será después... Ahora están por salir a las Cataratas y no pueden terminar de acomodar el equipaje, sobre todo las correas del paquete gigante de Elbia, que al final resultaron flexibles y delgadas y los vidrios se pueden cerrar. Tu abuela exclama triunfante, *¡No me iba a ir sin el mosquitero!* Saca de la cartera un manojo de llaves y se interna en la casagrande para cerrar cada habitación. Sólo deja abierta la cocina, el lavadero y las dependencias de servicio. Recomienda regar las plantas, no abrirle a nadie, no comentar que están de viaje, no olvidarse las hornallas prendidas; agrega que en la heladera hay comida y que no pueden tocar nada más.

¡Basta! grita Liborio, que se salió de las casillas, *¡Vamos de una buena vez!* Pero antes de subirse al auto tu abuela toma una

caja redonda y alta que coloca en el medio del asiento. Ahí lleva sus sombreros. Entre ella y vos se hizo una torre de paquetes. El Valiant desapareció hace rato por la avenida, camino a Santa Fe. Bajás la ventanilla y le gritás chau a las Marías. Elbia te dice que la cierres de inmediato porque se despeina. Tiene el jopo duro por el spray. Te ponés de rodillas y hacés un huequito entre los sacos para mirar por la luneta. Las luces van quedando chiquitas y de pronto desaparecen. Tu padre maneja el Ford, enciende la radio y corre el dial hasta encontrar música clásica. Vos seguís con los ojos fijos en el camino que van dejando atrás: la luna llena alumbra las vacas holando argentinas que brillan contra el alambrado con sus manchas negras sobre el cuero blanco. Un peón cruza el campo y chifla para arrearlas al ordeñe. Te entretiene contar los árboles inmensos al costado del camino, pero te mareas un poco en esa posición y te volvés a sentar. Abrazás a Plumón, tu almohada osito. Te recostás sobre él y te quedás dormida. Y no sabés cuándo comenzás a escuchar las voces que se elevan dentro del auto. Elbia rezonga, *Sèmpe l'istess! Che vita danà!* Aún estás dormida y no entendés lo que pasa; el auto está detenido en la banquina.

Tu padre se lo dijo a tu madre: el viaje a Cataratas sería el mejor de todos los viajes que hicieron en estos años. Aunque para ser sinceros viajaron muy poco: al campo en el que pasás el verano, al otro campo, el del norte, y a la laguna La Verde. Y un solo verano a Río Ceballos. Tu madre se rió, y Eloy la miró serio y ofendido. No es que tu padre no quiera cumplir lo que promete, lo sabés, es que las cosas le salen torcidas o se le tuercen por el camino. Como ahora, que pinchó una cubierta antes de llegar a Santa Fe, a pocos kilómetros de haber salido. Y encima Elbia, que le pone los nervios de punta porque no afloja con la cantinela, *¿Para esto se pasaron medio año con los preparativos? Hicieron decenas de listas tachando y volviendo a escribir; se llamaron mil veces por teléfono; mandaron el auto al mecánico, midieron el aceite y hasta el baúl, para ver cuántas valijas entraban. ¿Para esto?*

En eso, Lina, le das razón. Fueron muchos los meses en que hicieron y deshicieron listas interminables con lo que llevarían (lo importante, lo secundario, lo accesorio), revisaron los vehículos, averiguaron por hoteles, y armaron un mapa para decidir cuál sería la mejor ruta. Viajaron —varias veces— al campo de Luisa para que diera el sí definitivo. Parecía una novia indecisa, que sí, que no, que no, que sí. Y cada vez que llegaban, para distraer la atención y tener más tiempo para pensar, tu abuela te miraba de arriba abajo a ver si habías engordado después de que largaste la lombriz; volvía a mirarte y te decía que no le convencían tus trenzas, ¿qué era eso de agarrar dos manojos de pelo de cada lado de la cabeza y hacer en cada uno de ellos dos trenzas?, ¿de dónde habías sacado esa idea? Nunca le dijiste que de los Para Tí para que no te eche en cara que perdías el tiempo con esa frivolidad. Y antes de que regresaran a la ciudad —lo juraba— traería sus tijeras bien afiladas, esas de mango negro que servían tanto para cortar telas como para trozar un pollo.

Y entonces vos, Lina, te escapabas hacia el tambo a buscar a tus hermanos. Y ya no escuchabas el diálogo de los grandes, que se ponía áspero cuando Pancho le decía a tu madre que él iría a conocer las Cataratas, con Luisa o sin ella, que ya era hora de empezar a jubilarse y disfrutar un poco.

Para que la cosa no pasara a mayores, tu padre cambiaba de tema y anoticiaba sobre la salud de Liborio: el médico lo autorizaba a viajar para que pudiese respirar otros aires. Eloy hablaba con Pancho del recorrido y de las paradas intermedias y Luisa se daba cuenta de que ya había perdido la pulseada. Tu madre investigaba la guía telefónica, anotaba nombres de hoteles y llamaba; a veces sucedía el milagro que la operadora la comunicara. Elbia quería alojarse en lo mejor de lo mejor; tu padre escuchaba y arrugaba la frente mientras ella hablaba de equipaje, sombreros y mosquitero. *Sí*, dijo, *el mosquitero es imprescindible.* Liborio intervino con firmeza porque no estaba dispuesto a realizar una mudanza. Pero ella se quejaba de que irían a la selva y en la selva había bichos, *Muchos, demasiados.* Vos pensabas, *¿Por qué no se dejan de hablar de una buena vez y terminan con los preparativos?* Decidiste, firmemente, que nunca serías tan vueltera como los mayores y por eso, en la madrugada de la partida, te subiste rápidamente al Ford que manejaría tu padre. En el Valiant iban Luisa, Pancho —al volante—, tu madre y los varones. Podrían ir cambiando de vehículo, pero eso dependía de cómo se portaran.

La semana anterior al viaje, vos y tus hermanos estuvieron tan educados y respetuosos, que fue como si un destello divino los hubiese iluminado, *A l'han l'auréola butà sti tre san-*

tin! ¡Cómo se reían las Marías! Se pasaban los tres las tardes completas en la biblioteca; las enciclopedias abiertas para averiguar la altura de la caída de cada salto, los pájaros que habitaban la selva, que animales salvajes iban a encontrar. Y se preguntaban entre incrédulos y fascinados si habría víboras, ¿podrían picarlos?, ¿y los pumas?, ¿y el yaguareté?, ¿los monos se dejarían tocar? Los varones apostaban a verlos. Vos Lina, no te entusiasmabas con eso, sí te impacientabas por ver mariposas de diferentes colores que te propusiste cazar para el bichero.

Leandra o Leah o tu madre preparó dos valijas, una para ella y tu padre y otra para ustedes. También armó un bolso con el calzado, y otro más para bajarlo en las paradas del camino, así no tendría que desarmar las valijas. Metió las mallas, aunque era pleno invierno, por si acaso hicieran falta; tu padre decía a cada rato, *Allá siempre hace calor.* Te pidió que le ayudaras a buscar en los roperos las soleras, remeras, gorros, shorts, las skippy y los zoquetes, y agregó abrigos livianos aunque tu padre repetía, *¿¡Para qué!? ¿¡Para qué!?* Estabas tan excitada y contenta con los preparativos que no escuchabas ni las peleas ni los entredichos; quisiste que tus amigas lo supieran y que te tuviesen envidia. La mayoría apenas iba a Carlos Paz o a Mar Chiquita, ninguno de los padres se animaba a incursionar demasiado lejos.

Los abuelos del campo llegaron el día previo a la salida. Pancho, inquieto, se la pasó dando vueltas y antes de las cuatro comenzó a golpear las puertas de las habitaciones. Luisa fregaba el parabrisas del Valiant, cargó la conservadora con los sandwiches de milanesa, queso, morcillas, jugo, agua y algunos tomates para acompañar. Los alfajorcitos de maicena, en el bolso de mano a lunares, junto con los remedios y lo que consideraba de primera necesidad. Quería que los tres nietos viajasen con ellos, pero tu padre, que ya estaba nervioso por la responsabilidad de encarar un viaje tan largo, le respondió de mala forma: que no complicara las cosas, que ya estaban organizados e iban a hacerlo como se había dispuesto.

La voz de Ebia, quejosa e imperativa, termina de despertarte, *Ah! che mal a la testa! A më sciapa!* Tu padre descarga el baúl: necesita hallar las balizas y para eso retira el equipaje y lo coloca sobre el pasto de la banquina; lo que no tiene en cuenta es que ha caído rocío y el pasto está mojado. Busca el gato pero no lo ve por ningún lado. Levanta la rueda de auxilio, ¡allí está!, pero la cubierta, desinflada; arruga la frente, putea por lo bajo, y se pone a hacer dedo para que alguien lo lleve hasta una estación de servicio. Liborio alumbra con la linterna y junta las tuercas que quedaron entre los yuyos. *Siempre el mismo*, dice entre dientes, pero vos lo escuchás. No te gusta que hablen mal de tu padre, ni siquiera su propio padre. No te gusta que la gente hable mal de otra gente a sus espaldas, aunque eso sea lo que pasa a diario. Te entra una opresión en la garganta que no sabés diferenciar qué es.
Elbia, protestando, da vueltas alrededor del Ford, y mira cada dos segundos su reloj pulsera; vos te sentás sobre la valija más grande, que está apoyada en el suelo, y ella te grita, *¡Allí no!*

Tu padre llega después de dos horas y empieza a colocar la cubierta; Liborio le pasa las tuercas, después acomoda la de auxilio en el baúl y va ordenando una valija arriba de la otra, sin decir una palabra de que se humedecieron. Pero el baúl no cierra y tiene que empezar de nuevo. Vos pedís algo de comer, no porque tengas hambre sino para pasar el tiempo, pero nadie parece escucharte. Pedís también un repasador para colocar en la ventanilla, así te proteges del sol que ya tomó altura sobre el horizonte, pero no te lo dan. Empezás a protestar, *Dibujá*, ordena tu padre, mientras corre el dial hasta encontrar música clásica. Liborio cambia la frecuencia, prefiere el informativo; tu padre resopla.

El Valiant les sacó ventaja, no pueden calcular por dónde andará. Antes de salir, previendo algún inconveniente, combinaron en esperarse en el Automóvil Club de Resistencia. Pero para llegar hasta allí aún falta un largo trecho; te ponés inquieta y querés saber que significa *un montón de kilómetros*. Ahora es Elbia la que te reta. *Recién entramos a la cuña boscosa*, anuncia Liborio y sube el volumen. Las noticias dicen que el gobierno norteamericano enviará tropas a Vietnam, que el presidente de la Nación Argentina, doctor Arturo Illia, incrementará el presupuesto para educación y se comenzará a distribuir la copa de leche en las escuelas. Liborio baja el volumen para comentar, burlón, que al presidente le dicen tortuga; tu padre responde enojado que pareciera que a nadie le importa tener un presidente honesto. Y vuelve a subir el volumen. Están pasando una música que te gusta, pero el abuelo cambia el dial. Empezás a leer los carteles y ves uno que dice: Resistencia 300 km. Preguntas si eso es mucho o poco. Elbia responde que te duermas, que dejes de molestar, pero ahora sí que tenés hambre y tus ojos no se cierran. Adelante, un puente alto y largo y al final del puente, al costado, ves un auto igualito al Valiant. Pegás un grito. Liborio pregunta qué hacen allí, y se detienen. Ves a Luisa, con los brazos en V sobre la cintura. Ves a tus hermanos bajar hacia el arroyo. Tu madre no está por ningún lado y el abuelo camina hacia ustedes. Se agarra la cabeza, *Nos quedamos sin nafta*, escuchás que dice con un tono de incredulidad.

Te cruzas al Valiant y tu hermano menor se pasa al Ford. Tu madre propone jugar al veo-veo, pero el mayor hace trampa y ya no querés seguir. Luisa quiere contarles la historia de su abuelo, de cuando llegó a la Argentina como polizonte, en la bodega de un barco. La escuchan un rato hasta que el mayor te patea. Tu madre se enoja ante tu grito y larga una cachetada. Pensás que es injusto, que siempre pagás por los otros, que no te merecés el castigo y te largás a llorar. Ya no tenés solo la garganta cerrada sino todo el pecho y te arrepentís de haberte venido al Valiant. Al final llegan al Automóvil Club Argentino, y bajés corriendo para ir al baño. De refilón escuchás a Elbia que se queja del calor, *Mama mia ma vëdde na ròba parèj!* El abuelo mira hacia el cielo y señala unas nubes peligrosas. Ya te aliviaste y ahora querés un sandwich.
Luisa abre la conservadora y empieza a repartir. Lo devorás, pero al rato te das cuenta de que tenía gusto y empezás a las

arcadas. Tu madre te agarra de un brazo y te lleva al lado de un árbol, pero es ella la que vomita. Te quedas mirándola con la boca abierta. Luisa junta todo para seguir viaje. Liborio averigua el horario de la balsa que cruza hacia Corrientes. *Si se apuran...* le dice el de la estación. *Barran...qué?*, pregunta Elbia y se echa a reír, *¡Qué nombres los de estos lugares atrasados, mi Dios!* Se la quedan mirando. No entendieron las indicaciones por culpa de la interrupción de Elbia, y dan vueltas y más vueltas hasta llegar al puerto. Cuando llegan, la balsa se está yendo.

Luisa baja de nuevo la conservadora. Te dice, *Para qué habré venido, yo sabía que me tenía que quedar.* Querés contestarle pero no sabés qué, y ya aprendiste que en esta familia es mejor tener la boca cerrada. Elbia no se baja del auto, se encasqueta un sombrero, saca un abanico y se apantalla.

Con tus hermanos se hartan de tomar jugo y se acercan a la costa a jugar a los sapitos. Las piedras se hunden una detrás de otra después de dar varios saltos en el agua, hasta que tu madre les grita que regresen.

La balsa se llama El vaporcito. No hacen cola para subir porque están primeros; detrás de ustedes hay una hilera larga, un auto detrás del otro. Corrés hacia la parte de arriba junto a tus hermanos. Se ubican en el mejor lugar. Es la primera vez que se suben a una balsa y no salen de su asombro. Miran el agua, el enorme río que parece un mar, los dorados que saltan entre el oleaje, la gente que sigue subiendo y se acomoda donde puede.

No escuchan las conversaciones de los mayores, ellos se quedaron en el piso de abajo, hablan cosas que a ustedes no les interesa: de la construcción del futuro puente, por ejemplo, y de que cuando lo hagan será otra historia cruzar el Paraná. *Tendrá que ser bien alto para que pasen los buques por debajo,* opina Pancho. *Mi madre viajaba en vapor al Paraguay,* comenta Luisa, *allí teníamos parientes, y también iban a Buenos Aires por casos de suma urgencia. ¿De suma urgencia?,* replica tu madre, *¿Cuánto duraba ese viaje? Antes el tiempo era así,* contesta Luisa, *lento,* y estira las manos hacia los costados para que se entienda mejor.

Elbia se acomoda el sombrero con flores lilas y la gente se da vuelta para mirarla. Saca el abanico y se apantalla cada vez más fuerte. Leandra les grita que se queden quietos, *Ojo con lo que hacen, no se apoyen en la baranda. Si se caen al agua nos arruinan el viaje.* Vos te reís porque la brisa que levanta El vaporcito y el agua que salpica a los costados, hacen como una segunda sinfonía que tapa la voz de tu madre.

Desde el piso alto de la balsa todo se ve mejor, la orilla, la otra orilla —lejana—, el agua que se corta al medio y forma un triángulo con un pequeño oleaje a cada lado que se quiebra por detrás. Se apoyan los tres en la baranda, no despegan los ojos del río, es un caldo oscuro que en algunos momentos, cuando las nubes se abren, parece de plata; el aire trae gotitas de espuma, los moja, se ríen, más, mucho más.

A vos te dan ganas de cerrar los ojos para que las estrellitas naden detrás de tus párpados. Pero no lo hacés, estás hipnotizada por el caudal que bulle a tu alrededor, que corre bajo la balsa.

Elbia comienza a quejarse de los jejenes. Liborio no le contesta y sigue conversando con tu padre. Pero ella insiste, *Me están picando estos bichos*, y la voz se le pone pastosa. Se nota que quisiera gritar pero se contiene. Luisa se ríe y se endereza los anteojos atigrados, ahora te llama a vos, seguramente no quiere que los demás se den cuenta de que se ríe de Elbia, te llama y como no le contestás, es ella la que sube al segundo piso. Te señala las islas, *Allí hay monos*, se acercan tus hermanos y les explica cuáles se llaman carayá.

Tu padre trae la máquina de fotos, los hace bajar, y le indica a la familia dónde se tiene que poner para que salga el grupo completo. Tus hermanos hacen muecas, sacan la lengua, ponen cuernos sobre tu cabeza. Elbia lo apura, *Hay mucho sol, sacá la foto de una buena vez.* Tiene los brazos y las piernas coloradas y se le están hinchando, *Ah mi pòvra mi!* Estos bichos desgraciados. Luisa le dice con una risita sobradora que no bien llegue al hotel se coloque limón en esa piel tan delicada. Pero no la escucha y le habla al oído a Liborio; él llama a uno de la tripulación y después de un rato largo aparece un marinero con un sillón. *La señora reina*, murmura Luisa entre dientes; la escuchás, y también escuchás a Elbia, *¿Qué dijo?* Luisa le da la espalda y le pregunta a tu madre cómo se siente, *¿Querés que te cure? Me parece que es el hígado, mirá cómo bostezas.* Tu madre le responde de mal modo, *No creo en tus curaciones.* Por un momento te ponés triste. Te dicen a cada rato que no tenés que pelear con tus hermanos, que se debe respetar a los demás.

De pronto ves algo verde e inmenso, un plato gigante que navega río abajo y te olvidas de tu tristeza. *Es un irupé*, dice tu padre, *el río está creciendo; miren cuántas plantas vienen bajando.*

El Vaporcito atraca en el puerto. Se suben a los autos y bajan por una rampa para ir hacia el hotel. La avenida costanera tiene una larga hilera de árboles con flores rosadas. Es una frondosa cabellera que desprende sus flores con la brisa que llega del río.

En este momento decidís que cuando crezcas vas a vivir, sí o sí, al lado de un río. Ya no querés ser telefonista sino una aventurera que tenga una pequeña choza junto al agua. Te lo jurás. Cruzás los dedos para que tu promesa sea en firme, los cruzás con fuerza hasta que te duelen, para no olvidarte. Lo que no podés saber aún es que vivirás rodeada de agua, sí, pero no será un río, será un inmenso mar lejos de tu patria, un mar que tendrá muchas entradas, y las ciudades estarán unidas por puentes y el invierno será largo y oscuro y nunca añorarás haberte ido ni querrás regresar. Y allí conocerás a Gisli, que no será tu marido, pero sí tu pareja, y te comprenderá como ningún hombre lo hizo, y no tendrás hijos (te negarás a traerlos al mundo); tu hermana Lara, que en este momento aún no ha nacido, será la que cumpla al pie de la letra los designios familiares. Y Jacinto, pobre Jacinto, acompañará a tu madre en su viudez.

Paran frente al Hotel de Turismo. Allí quedan Elbia y Liborio. Tiene piscina, pisos de madera lustrosa que huelen a pino y un comedor inmenso en donde se puede pedir lo que se desee. Pero tu madre dice, *No nos da el bolsillo, chicos, cállense y vamos*. Y se van protestando a una hostería frente a una plaza. Tu padre está agotado y no ve las horas de irse a acostar, pero ustedes, en el acto, se instalan en las hamacas. Y es por eso que no escuchan que se inició otra pelea: tu madre quiere hacer de un solo tirón el tramo Corrientes—Cataratas, y Luisa y el abuelo desean pernoctar en Posadas y conocer las ruinas jesuíticas. Ya que vinieron de tan lejos van a aprovechar el viaje, es probable que no vuelvan mas. Leandra, chinchuda, les da la espalda y comienza a bajar los bultos. A veces quisieras saber por qué tu madre está siempre de mal humor, si no sería más fácil cantar por las mañanas como lo hace la mamá de Elenita, o la de Ricardito Romañoli, que lo abraza, le acomoda la remera y lo besa en cada mejilla. La tuya solo te riñe por esto y por lo otro. Nunca te ayudó a atarte las zapatillas y tuviste que aprender a hacerte las trenzas para no darle más motivos de queja.

Liborio llama por teléfono a la hostería cuando están desayunando para informar que Elbia tuvo fiebre por la noche y llamaron al médico, *Ahora esta decaída, las picaduras le dieron alergia. Si me hubiera hecho caso...* comenta Luisa. *Mamá no empieces*, dice Leandra y exclama, *Qué calor, parece enero*. Y mete otra vez en el baúl lo que ayer bajó del auto y se van hacia el Hotel del Turismo.
Los grandes se ponen a conversar en el hall y vos con tus hermanos salen a recorrer; el mayor se hace el que se cae sin

querer a la pileta. Corrés a contarle a tu madre, que llega casi volando, lo agarra de una oreja y se lo lleva a un rincón. *Están dando espectáculo, no hagan papelones.* Tu hermano quiere llorar pero se las aguanta, sólo susurra despacito, *Ay ay ay.* Le hacés burla, le sacas la lengua, y él te fulmina con la mirada. Elbia aparece cubierta de la cabeza a los pies. Se puso turbante (solo el jopo quedó afuera), camisa de mangas largas, pantalones y, por si fuera poco, un pañuelo de seda al cuello, para cubrirse la cara —si fuese necesario—. También guantes de verano. Dice que no la van a volver a agarrar esas porquerías. Todos piensan que se morirá de calor, pero nadie se atreve a comentarlo. Te hace señas para que te acerques, pero pensás que está llamando a otra persona. Quiere darte la medialuna que le sobró del desayuno, *A l'é pecà campé via la mangé.* El menor llora porque también quiere una, Luisa lo agarra del brazo y se lo lleva al comedor para ver si se la consigue. Están nerviosos, son las once y están en veremos.

Por fin parten.

Hacen kilómetros y kilómetros y de pronto mirás por la ventanilla y pegás un grito. ¡La tierra colorada! Van entrando de a poco en la selva que parece no tener fin, verdes y más verdes, todos mezclados. Árboles tan altos que deben torcer el cuello para verles la punta. La tierra se ondea y el rojo morado los hipnotiza. En esta parada los hombres opinan que es mejor seguir, que las ruinas y Posadas pueden verse a la vuelta, si es que les queda tiempo. Luisa protesta, pero como ya no tiene aliados, se calla la boca.

El camino es finito y largo, sube y baja abruptamente, están rodeados por la selva y sólo hay una huella al medio, una cinta roja que parece una serpiente sin cabeza ni cola; la selva está húmeda y por la ventanilla, que apenas te dejan abrir, entra un olor mezclado de plumas de pájaros y jazmines desvaídos. Tu padre dice que es indudable que ese olor es el olor de la selva, esa mezcla de helechos, orquídeas, lianas y animales salvajes, y dilata las aletas de la nariz. Pero se distrae, el auto coletea y él pisa el freno.

Justo lo que no tenía que hacer.

Gritás, Lina, gritás del susto que te toma por completo. Todos gritan. Elbia chilla y se agarra el turbante. Se miran el cuerpo, las piernas, se revisan la cara. Tu padre transpira y pregunta si están bien, si estás bien. Inclinás la cabeza en señal afirmativa porque te quedaste muda.

Fue una mala maniobra: nadie le avisó lo resbalosa que se pone la tierra colorada cuando llueve. Y anoche llovió. Parece un jabón. Pero eso lo saben después. Frenó y el auto se deslizó de costado y chocó contra la barranca.

Está abollado en la parte delantera y larga un humito azul. El Valiant se estaciona unos metros adelante. Los hombres levantan el capó y empiezan a deliberar. Luisa y tu madre bajan corriendo y se dan cuenta de que deben desacelerar porque patinan en la tierra jabonosa. Luisa saca el rosario del bolsillo del batón y lo besa. Tus hermanos patinan por la huella, el abuelo les pega un grito para que suban al auto. *¡No!*, dice Luisa y se agarra la cabeza, *¡ensuciarán todo!* Deliberan largo rato sobre lo que tendrían que hacer. Pensás que los mayores nunca se ponen de acuerdo, que es inútil, es algo que está descompuesto dentro de ellos, que no tiene arreglo, como una tuerca que no encaja en su lugar, si alguien dice b el otro dice c y así sucesivamente.

Abollado y todo, el Ford arranca. Elbia pide sus sales porque le dará el soponcio. *¿Justo ahora?* pregunta Liborio, *Mejor esperá a que lleguemos.* Hay un cartel que anuncia: El Dorado, y allí entran. Te admirás, Lina, de que en este lugar todo parezca pintado de rojo-bordó, y preguntás por qué le llaman El dorado. Las veredas son rojo oscuro, las casas de madera, construidas sobre pilotes, se van tiñendo de abajo hacia arriba; hasta la bandera argentina, deshilachada en lo alto del mástil, es también rojiza. Mirás y sólo ves selva que contrasta con lo rojo: verde oscura, verde clara, verde esmeralda; verdes y rojos, que te hacen acordar a navidad; hay una sola calle, larga, larguísima, y no hay más casas que esas dos hileras que acompaña a la calle, por ambos lados. Parece un pueblo del *Far West*. Tu padre busca un taller mecánico, tu hermano baja entusiasmado y dice que en cualquier momento se aparecen los *cowboys*. Preguntás por qué hacen las casas elevadas sobre pilotes y cada uno te contesta una cosa distinta, ni siquiera tu madre, que es profesora, puede darte una respuesta precisa. La lluvia dejó floja la tierra; con tus hermanos ya encontraron en qué divertirse: patinan por la calle larga en sentido contrario. *¡Las zapatillas!*, grita Luisa. En el acto pegan la vuelta y comienzan a trepar por una escalerita enclenque que termina en la entrada de la hostería. Es la única que encontraron abierta. Una mujer rubia y grandota les comenta que puede darles habitaciones si las ocupan de inmediato. Piden tres, pero la mujer contesta que sólo tiene dos. Luisa y tu madre se miran, hablan por lo bajo y deciden tomarlas. La mujer pide el pago por adelantado. Leandra explica que la plata quedó en el auto, pero la grandota la mira y no le responde. Luisa pide por el baño; va y saca los billetes que lleva guardados en un pañuelo doblado adentro del calzón y los coloca en su bolso a lunares. *Qué raro*, dice cuando vuelve, *ese baño tiene ducha*. Le entrega los billetes y la mujer le da dos maderitas con los números de las habitaciones talladas a cuchillo y pintados de negro. Pero como vuelven a salir, les pide que las dejen. *Entonces deme un recibo*, dice tu madre. *Aquí todo es de palabra,* responde la rubia.

Empiezan a deliberar y deciden confiar en la mujer. Además, no les queda otra opción. Se meten en el Valiant, le cuentan a Pancho lo que pasó y le piden que vaya por la callecita hasta el final del pueblo, a donde quedaron los demás. Elbia sigue reclinada en el asiento del Ford, con la puerta abierta, abanicándose. El mecánico tiene medio cuerpo metido dentro del motor.

Con la lluvia se levantó la humedad y transpiran; Florencio se pone a correr, el otro quiere hacer lo mismo, se patina y se le cruza por delante. El mayor cae y comienza a rodar calle abajo. Te matás de la risa. Está con barro colorado desde la cabeza a los pies. Se mira y comienza a hacer morisquetas. Luisa llega agitada, se agarra la cabeza, *Esto no puede ser, ¡no puede ser!*

Subiendo la escalerita enclenque hay una galería que rodea la hostería. Florencio está en penitencia y se irá a dormir sin comer. Los demás hacen un picnic en la galería. *¡Qué lugar de mala muerte!*, resopla Elbia, disgustada. Antes de comer el sándwich lo abrís para olerlo, *¡Qué hace esta chica! Ma lòn ch'a fà! Mai vist còsa parèj!*

Tu madre comenta que en este lugar hay solo dos habitaciones, que deben buscar otra en alguna parte. *¿Y si no encontramos?*, pregunta Pancho. No sabe qué responder. Liborio se levanta y pide permiso para mirar las habitaciones. Vuelve serio. Solo hay camas cuchetas que aún no tienen puestas las sábanas; una mesa de luz con la pata rota que se apoya en un ladrillo y un velador sin pantalla. En un rincón cuelga una telaraña que llega hasta el piso. El baño es uno solo para todas las habitaciones y queda al final del pasillo. También hay una maquinita de flit, que usan todos los huéspedes, para matar los mosquitos. *Buscaré un lugar para Elbia*, dice Liborio, y sale con paso decidido hacia la calle. Vuelve al rato. No hay habitación por ningún lado. O siguen viaje aunque sea de noche, o ellos duermen en el auto. Tu padre se ofrece a quedarse en el Ford así las mujeres y los chicos se distribuyen en las habitaciones. Pero Elbia dice que ni loca se acuesta en esos colchones con pulgas. Dormirá en el asiento del auto. Para algo trajo el mosquitero. Les indica a los hombres lo que quiere hacer. Saca todo lo del asiento trasero y lo coloca en el Valiant. Desenvuelven el mosquitero y lo dejan caer hacia ambos lados del Ford como si fuera un velo de novia. Las cuatro ventanillas quedan abiertas para que corra el aire y tu padre, sin que lo vea la grandota, toma la maquinita de flit y rocía la cabina. Liborio habla con la dueña del hospedaje y le da unos pesos para que le preste unas almohadas y para usar el baño. Luisa se abalanza sobre Elbia y le pega con la palma en la frente. Esta chilla, *¡Pero qué hace!* Luisa le responde que le mató un mosquito, *Por lo menos agradezca. Ma lòn ch'a fà! ¡Con esa manaza casi me tumba!*

Y siguen. Era lo que no querías que pase, Lina. Pero está pasando. Tus hermanos hacen hinchada por una abuela o por la otra; y vos observás cómo siempre se repite la historia. *Claro, la reina madre cree que tiene sangre azul, pero no señora,*

es roja como la de cualquier hijo de vecino. ¡¿Qué está diciendo, tambera?! Am mancaba mach sòn! Seré tambera pero decente, no como usted que encierra en el hospicio a su propia hija. ¡Miren quién habla! Sensa vërgògna! Sfacià! ¡La que apaña a una bastarda! Brut dësgrassià! ¡Pero qué dice, vieja agrandada!
Liborio agarra a Elbia del brazo y la aparta del grupo. *¡No me toques!* A lo que responde: *¡Menos mal que en este viaje tenía que recuperarme!* Y Elbia: *Ah pòvra mi! Am ciapa 'l baticheur!*
Pancho, por su lado, arrastra a Luisa hacia dentro de la hostería. *¿Qué es lo que te pasa? ¡Callate de una vez! ¡No me callo nada! ¡Esa vieja me va escuchar todo lo que tengo atravesado!*
Tu madre se pone pálida, cada vez más pálida, y se desmaya.

Luisa busca el bolso a lunares y empieza a sacar los remedios: para la fiebre, aspirinas, mejorales, vick vaporub, alcohol, la tijera de mango negro, algodón, bicarbonato, curitas, hipoglós. Hace un entrevero de cajas rectangulares con pastillas de todos los colores, gotas para los ojos, para el dolor de panza, para la acidez. Eloy toma el aparatito para el asma, abre la boca y se echa dentro el rocío en forma de vapor. Al final encuentra las sales, pero tu madre ya reaccionó y tu padre la acompaña a la habitación.
Elbia y Liborio bajan el respaldo de los asientos y se acomodan dentro del Ford; prenden la radio antes de dormirse. Hay interferencia, corren el dial hasta encontrar alguna frecuencia que se escuche mejor. El locutor habla de la temperatura ideal en estas vacaciones de julio, luego se interrumpe para

dar una noticia de último momento, se refiere a un siniestro que ha sucedido en un hospicio, pero no alcanzan a escuchar de qué localidad es, ni qué paso. *¿Será el mismo?* atina a preguntar Elbia. *No tiene por qué serlo*, responde Liborio. Corre el dial en busca de otro informativo: no encuentra ninguno que se escuche con claridad. *Trinidad seguro estará a salvo, tiene siete vidas como los gatos*, dice Elbia. Deciden no comentar nada hasta no saber bien de qué se trata; hablarán por teléfono cuando lleguen a Puerto Iguazú. Elbia necesita tomar su pastilla para los nervios y Liborio baja a buscarle un vaso de agua. Al final no pegan un ojo en toda la noche, un mosquito ha encontrado un orificio de entrada y da vueltas, con insistencia, encima de sus orejas.

El desmayo resultó milagroso. Se levantan de buen humor y con ganas de llegar a las Cataratas. Nadie habla de los sucesos de la noche anterior. Los hombres enroscan el mosquitero y Luisa reparte chupetines. Deciden ir directo al Parque Nacional y recién después instalarse en Puerto Iguazú. El sol pega fuerte. La selva parece abrazarlos. De pronto escuchan un ruido lejano como un trueno continuo y en sordina. *¡Estamos llegando!*, dice Eloy. Y llegan. Se empujan para bajar. Luisa saca los trapos de abajo del asiento, pero tu madre le pide que no se ponga a limpiar; Luisa gesticula indignada, mostrando con la mano las pésimas condiciones en que dejaron el Valiant. Elbia se acomoda la capelina y le pide a Liborio que vayan por su cuenta, que se desprendan de los demás.

Liborio está de acuerdo, después de la noticia de anoche no tiene ganas de hablar con nadie. ¿Y si ese hospicio fuese El Portal en dónde esta Trinidad? Anunciaron una catástrofe, pero ¿cuál? Elbia está pálida y se agarra del brazo de su marido. Tu padre busca la Nikon convencido de que va a poder fotografiar un yaguareté. Nadie puede hacer que Luisa desista y deje de limpiar el auto. *Primero arreglaré esta mugre*, dice. *Lo mejor es que nos vayamos*, opina el abuelo y hace un gesto como diciendo, "ya se le va a pasar". Pero Leandra no se resigna e intenta quitarle los trapos. Luisa se pone de espaldas y ni siquiera la mira. Tu madre agacha la cabeza, *Venir hasta acá para esto...* murmura.

Hacen equilibrio por las pasarelas. Aquí también ha llovido y se juntó barrito. Florencio lleva en la mano una bolsa con maníes. Un coatí aparece por entre los árboles y se la tironea. Se da vuelta para acariciarlo y el coatí larga un tarascón. El bicho se escapa con la bolsa en la boca. Vos mirás a tu alrededor, fascinada. En una rama baja está apoyada una urraca. Nunca viste un pájaro tan hermoso: su cuerpo es blanco y negro iridiscente y acaba en una larga cola azul o verde metálico, según como el sol pegue sobre el plumaje. Tiene una cresta parada de un azul francia que también abarca el contorno de sus ojos redondos y amarillos. El abuelo va recitando el nombre de cada ave. Los tres lo rodean para escucharlo y lo aturden con preguntas. El mayor quiere ver un tucán y pregunta si puede atraparlo.

Tenés ganas de dibujar, Lina, de pintar un tucán con una aureola celeste alrededor de los ojos y un babero de plumas sobre el pecho. Pancho señala en el cartel un águila harpía y tu madre se da vuelta porque cree que hablan de ella. Todos se ríen, se pone colorada y se le hincha la vena que tiene en la frente. Le muestran el dibujo que está delante de sus ojos, con una enorme águila cazadora. Pensás que dentro de la selva estarías segura, podrías esconderte y nunca te encontrarían. Ni siquiera necesitarías una casa por tanta espesura que hay en todas partes. Solo tendrías que buscar un sitio cerca del río para bañarte, tener agua y comida y la choza que imaginaste. Mucha agua, mucho río.

Salís de tu ensoñación y volvés a escuchar al abuelo que va enumerando lo que tiene delante: araucarias brasileñas, mangos, palmeras, lapachos salvajes. Lianas gordas y largas se prenden en las copas de los árboles y bajan hacia el suelo. Las mariposas vuelan entre ustedes. Hay de todos los colores y tamaños. Jacintito intenta cazarlas. Dice que será guardaparque cuando sea grande. En realidad, aunque lo quiera ahora fervientemente, es sólo un deseo de niño; quedará soltero y será el compañero de la vejez de tu madre, porque todos, de un modo o de otro, se habrán ido. Leandra les pide que no se alejen. El agua ruge con tanta fuerza, debajo de las pasarelas, que levanta una cortina de vapor; apenas se pueden escuchar unos a otros.

Te quedás mirando los saltos: los hay bien altos, otros más bajos, algunos anchos, otros finitos. Buscás un lugar para sentarte, algún banco para descansar y observar tranquila tanta belleza; no querés mirar hacia abajo por el vértigo que te causa. Desenvolvés el chupetín que te dio Luisa y que guardaste en el bolsillo. De repente hay tres coatíes a tu lado y el mayor los asusta, sshh sshh y los coatíes se te vienen encima. Querés escapar, pero te resbalás en el barrito flojo de la pasarela, no haces pie, te caés, te estés cayendo a ese pozo inmenso repleto de agua que corre desaforada, querés agarrarte de alguna saliente, pero no hay una saliente que te sostenga, aaay gritás, y el abuelo te manotea y logra agarrarte de las trenzas. No parás de temblar. Estas en la pasarela nuevamente, en el banco, tratando de entender qué pasó. Tu madre castiga a Florencio: le deja los dedos marcados. Llorás. Seguís temblando. Creíste que no podrías parar de caer, que la catarata te devoraría; el abuelo te apantalla con la mano y se seca la frente. Leandra está blanca y parece que se volverá a desmayar. Pero no se desmaya y te abraza; y así se quedan un rato largo, un rato que vos quisieras fuera interminable.

Luisa no da el brazo a torcer, dice que no va a ir a ver la Garganta del Diablo ni ningún otro salto. Escuchás la discusión desde la galería del hotel de Puerto Iguazú, la amplia galería que da a un patio central donde jugás con Jacintito porque el mayor sigue en penitencia. Después de lo de ayer ya te importa poco lo que hagan los demás. El temblor te duró casi toda la noche y aún te duele el cuero cabelludo por lo fuerte que te agarró el abuelo. Tanto te duele, que desarmaste las trenzas y llevas el pelo suelto. Florencio te mira desde la ventana de la habitación y te dice palabrotas sin que lo escuchen los mayores. Cree que vos sos la culpable de su castigo. Y así irá por la vida, responsabilizando a los demás, guerreando siempre contra alguien, inventando enemigos, peleando con todas sus fuerzas con los demonios que lleva en su propia alma hasta que —al fin—, logrará que lo destruyan. Para él será matar o morir... y se convertirá en uno de los tantos desaparecidos de la época de plomo.

Elbia y Liborio se quedaron a dormir en otro lado, y esta vez no los llevaron a conocer su hotel. Tu padre se hace cargo de vos y de Jacintito para que tu madre descanse: el calor húmedo y lo de ayer en las pasarelas la dejó de cama. Le reprochó estar siempre sola para todo, que dónde se había metido, el peligro que pasaste, que ya no sabe qué hacer con el mayor, que es indomable. Eloy no encontró al yaguareté y se tiene que conformar con fotografiar los pájaros y las mariposas que encuentra por la calle. En Puerto Iguazú también las casas están teñidas de rojo- bordó; las mariposas vuelan bajito, son muchas, muchísimas. Las corrés, Lina, y ellas, en vez de huir, hacen unas piruetas y se vuelven hacia vos. Corrés por esa calle ancha detrás de las mariposas. Hay grandes, amarillas, rojas, lilas, fosforescentes, con alas que terminan en un borde con pequeños dientes negros o rayitas blancas; chiquititas, naranjas, medianas, con ojitos brillantes en el centro de las alas. Son una nube de mariposas volando bajo, rozando tu cabeza, y girás, Lina, y tu pelo vuela alrededor de tu cabeza y pareciera que las mariposas también quieren jugar y se posan sobre vos, y seguís bailando esa danza y sos feliz, es la primera vez que sos realmente feliz después de lo que pasó con Roberta. Tu hermanito te saca de esa ensoñación para mostrarte la red que ofrece un vendedor. En los puestos, sobre mantas, hay adornos con plumas, cerámicas de los indios, carpetas tejidas y cazamariposas que parecen bonetes alargados, sostenidos por una virola redonda y un palo largo. Jacintito le pide a tu padre, le ruega, que se lo compre. Quiere llevarse ese enjambre, cazarlo, apropiarse de su belleza. El señor que se lo vende explica que tiñen la red de distintos colores para que las mariposas se confundan y terminen adentro. Tu padre dice que las pincharán con un alfiler para completar el bichero.

Tu hermanito atrapa a una monarca, empiezan a disputársela, la tironean, se desprenden las alas y el cuerpito alargado va a parar al suelo. Eloy se enoja y les pega un coscorrón. Han destrozado a la mariposa y él ya no podrá clavarle el alfiler para pincharla sobre el papel canson. Mirás los restos sobre el suelo y una profunda congoja supera tus ganas de seguir atrapando mariposas, y dejás la red. Llegan a una piedra redonda y alta que está al final de la calle. Un cartel dice: TRIPLE FONTERA, y tu padre explica que ese monolito les recuerda que enfrente están Paraguay y Brasil, y que los ríos que vienen de esos países forman este gran río, el Paraná. Pero ya no tenés ganas de escucharlo y querés volver al hotel. Allí está Florencio, en la galería, recortando imágenes de revistas que le consiguió Luisa para entretenerlo. Desprende prolijamente de cada hoja, con la tijera de mango negro, autos, casas, árboles, personas, y coloca ese pequeño mundo sobre el piso, armando ciudades imaginarias.

Luisa los está esperando para que se bañen. Protestan, pero el abuelo, recostado en la cama les dice, *Donde manda capitán no manda marinero.* Te acercás y ella te fricciona la parte superior de la cabeza, con su crema secreta, que huele igual que la de la mastitis; la mirás con desconfianza. Te arma flojas las trenzas, para que no te tironee el cuero cabelludo.

Ahora sí, ya están los tres bañados y listos para ir a cenar. Jacintito quiere mostrar su dibujo de las Cataratas, pero tu padre lo apura.

Pide que se acomoden delante del aljibe de la galería del hotel y les saca una foto. Tu madre se coloca por detrás. Después parten amontados en el Valiant hacia el lugar de la cena. Al restaurante lo eligió Elbia, tiene arañas de hierro que cuelgan del techo con focos en forma de velas y hay candelabros en el centro de las mesas. Los recibe un señor vestido de negro y pregunta si tienen reserva. Los mozos los miran sonrientes, se acomodan el moñito y estiran hacia abajo la servilleta que llevan doblada en el brazo izquierdo. Tu madre insiste para que ustedes, los chicos, se sienten con ellos y no en la mesa de al lado. Elbia y Liborio no llegan. Tu padre mira el reloj. Los ubican al lado de un ventanal que da a un patio interior repleto de plantas. Hay jaulas con loros de distintos colores y tamaños. El abuelo explica que no todos los loros son verdes, como pueden ver, y les explica cómo se llaman. Tu madre les pide que se porten bien, que ya están grandecitos. El mayor se manda un chiflido largo y desparejo, en señal de aprobación. Dejan la cabecera para Liborio y el costado derecho para Elbia.

El mozo pregunta si van a ordenar y tu padre vuelve a mirar el reloj.

Cuando Elbia aparece, Luisa da vuelta la cara para que no la vean reírse. Tiene la cabeza inflada como un globo y el jopo desparramado hacia atrás. Está pálida y ojerosa. Se han comunicado con El Portal y les dijeron que hubo un cortocircuito que provocó un incendio, pero no saben aún cuáles son los internos que murieron calcinados. Se queja de que la peluquera del hotel no la interpretó e intenta acomodarse el globo, que parece un yelmo, sin ningún resultado. Luisa dejó el batón por una noche y eso a tu madre la puso contenta. Liborio y Pancho hablan de la fauna y de la flora del Parque Nacional y afirman que mañana, cuando peguen la vuelta, van a volver a recorrerlo. Elbia está callada. Solo murmura que quiere comprar algunas orquídeas para llevar a casa, pero Liborio le pregunta si considera que tienen lugar para llevar algo más. Tu padre bate palmas suavemente para que presten atención. Parece que va a dar un breve discurso. Pero es tu madre la que los mira y habla:

—Tenemos que darles una noticia. —Y se miran.

—Bueno, digan de una vez. —La apura Luisa.

Tu madre se pone colorada.

—Viene otra vez la cigüeña.

Luisa abre grande los ojos y se lleva una mano al corazón. Es la última noticia que hubiese querido escuchar. Elbia frunce los labios, acerca las cejas y se acomoda el casquete, *Que magon pero que magon*, y no se da cuenta que lo que está diciendo no tiene nada que ver con la noticia sino con la angustia de no saber con certeza qué ha pasado con su hija.

Nadie habla. Es Liborio el que rompe el silencio y propone un brindis, levanta el brazo y pide el mejor champagne, *Y coca cola para los niños*, agrega, *hay que festejar*. Siguen callados esperando que tu madre agregue algo, si serán trillizos o algo tan extraordinario como eso. Pero ella sólo sonríe.

Por un momento, Lina, se te hace un blanco y no pensás en nada. Sólo sentís la misma congoja que por la tarde al ver la mariposa destrozada. Es una congoja que se ensancha, y quedás, quedarás, muchas veces atrapada en ella. Cuando años más tarde dejes el país, la congoja te aturdirá. Saldrás con un salvoconducto y te irás a vivir al otro lado del mundo. Nunca podrás reconciliarte con tu hermano mayor, ni hablar de las diferencias que te separan de tu familia. Pero habrás aprendido algo, con esfuerzo, con tanto esfuerzo que a veces quedarás sin aliento, pero será en ese momento que sabrás lo que te esta dictando tu corazón.

Pancho afirma que ahora que van a tener un nuevo hermanito, los tres se quedarán debajo de la mesa. Empieza a reírse y se rasca detrás de las orejas; el bebé será el centro y los demás deberán arreglarse como puedan, nadie los tendrá en cuenta. Todos le festejan la broma. Menos ustedes tres. Jacintito se pone a llorar porque entendió perfectamente lo que dijo el abuelo; Florencio tumba a propósito la coca cola: se ha llenado de bronca, sabe que el bebé seguirá entorpeciendo la vida, uno más para cuidar, uno más para quejarse. Y vos, Lina, no querrás que te tomen de niñera, cosa que con seguridad van a hacer. Los adultos chocan las copas y brindan por el nuevo integrante que llegará a la familia. El champagne hace burbujitas, la espuma rebalsa de las copas y el mayor le da un tincazo con los dedos a la copa de champagne de Elbia, que por un momento parece bailar sola sobre la mesa hasta que recupera el equilibrio. Te sentás en la falda de Luisa. Le decís al oído que estás cansada, que no tenés hambre y cerrás los ojos: las estrellitas están mojadas, te querés ir, no querés escuchar nada más. La voz de la abuela te canta bajito, *ralé ralé para mi naré.*

Los mayores charlan animados camino al hotel. Liborio y Elbia acercan en el Ford a tu madre y a tus hermanos. Vos estás abrazada a Luisa, medio dormida. Tu abuela te ayuda a sacarte la ropa y a acostarte antes de que te duermas. Todos están agotados y no ven las horas de meterse en la cama. Luisa los arropa y apaga la luz antes de irse a su habitación. Florencio aún no se duerme. Acaricia la tijera que escondió debajo de la almohada. Se levanta sigiloso y se acerca a tu cama. Te observa: estás durmiendo de costado, apoyada tu cara sobre Plumón; por la ventana abierta entra la luz tenue de la luna y la brisa de la medianoche. En un movimiento rápido levanta la tijera y corta al ras una de tus trenzas, sólo una, que quedará en el piso, zigzagueando, inmóvil, igual que una serpiente que acaba de morir.

Agradezco a:

Norma Brarda por el piemontés.
Susana Ibañez por las sucesivas lecturas.
Nicanor y Alfonsina Armando por sus ideas y sus
maravillosos dibujos, que enriquecieron el texto.

Índice

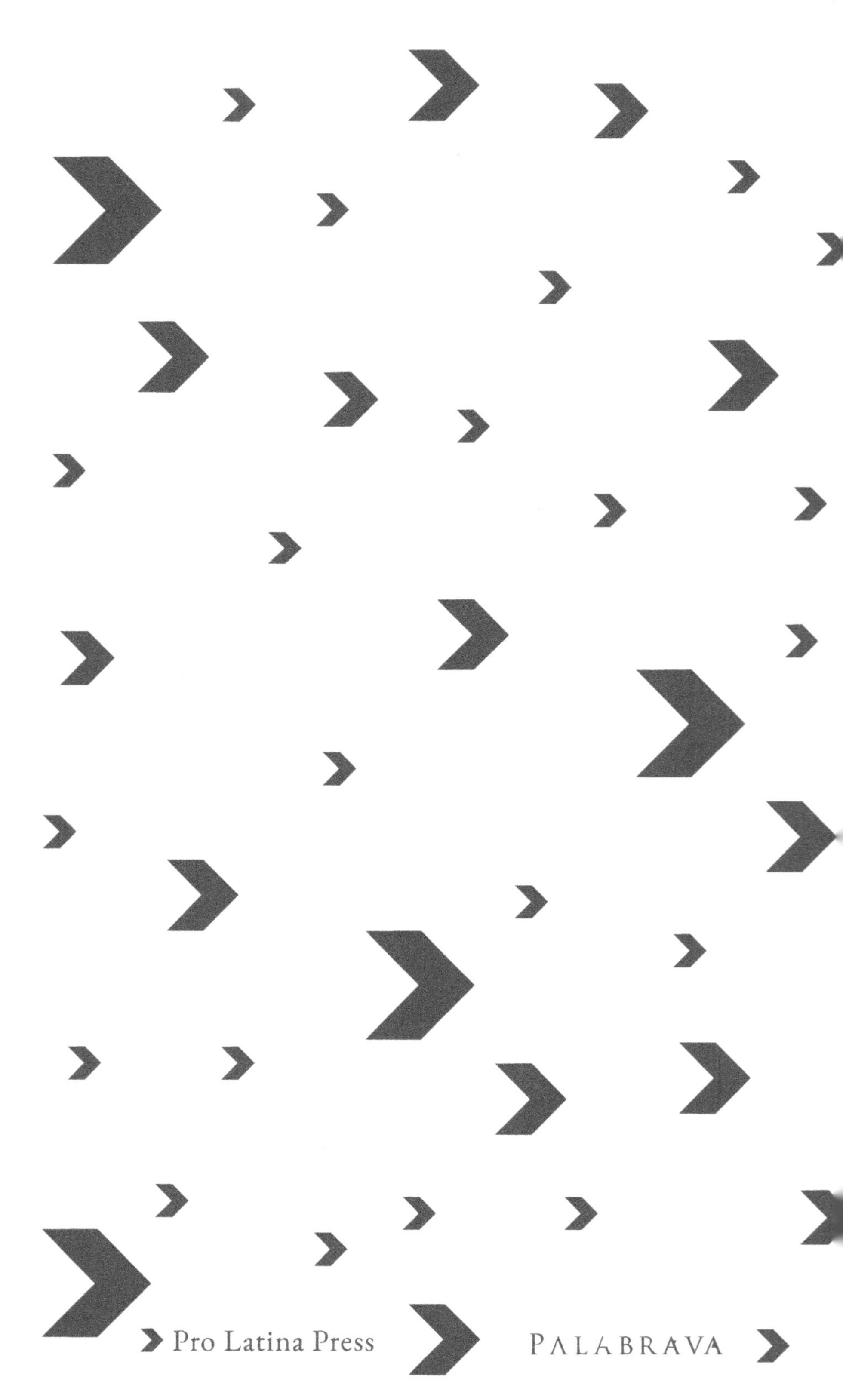
Pro Latina Press
PALABRAVA